사소한 일

한국문명교류연구소 예술총서 2

사소한 일

· · · · ·

아다니아 쉬블리 장편소설

전승희 옮김

강

차 례

1부

아무것도 움직이지 않았다. 신기루만 빼고는. 광활하게 펼쳐진 황량한 언덕들이 신기루의 무게에 눌린 채 소리 없이 몸을 떨며 하늘을 향해 겹겹이 솟아올랐고, 이글거리는 오후의 햇살이 창백한 황색 능선의 윤곽을 흐릿하게 지우고 있었다. 유일하게 분간해낼 수 있는 것은 그 능선들을 가로지르며 구불구불 제멋대로 이어지는 희미한 경계선, 그리고 대지에 드문드문 박혀 있는 메마른 가시덤불과 돌멩이들의 가느다란 그림자들뿐이었다. 이런 것들 이외에는 도대체 아무것도 없었다. 끝 간 데 없이 펼쳐진 건조한 네게브 사막 위로 극심한 팔월의 더위가 도사리고 있을 뿐이었다.

그 지역에서 눈에 띄는 생명의 흔적이라면 멀리서 들려

오는 개 짖는 소리와 진지를 설치하기 위해 작업 중인 병사들의 소음뿐이었다. 그 소리들은 언덕 꼭대기에 서서 쌍안경으로 눈앞에 펼쳐지는 광경을 살피는 그에게도 들려왔다. 그는 뜨겁게 이글거리는 햇볕을 등진 채, 모래 사이로 난 좁은 길을 따라 조심스럽게 눈길을 옮기다 이따금씩 능선에서 눈길을 거두기도 했다. 그러다 마침내 쌍안경을 내리고 땀을 훔친 뒤 쌍안경을 가방에 도로 집어넣었다. 그런 다음 건조하고 사나운 오후 공기를 뚫고 진지를 향해 발길을 돌렸다.

처음 도착했을 때 그들이 발견한 것은 온전한 두 채의 오두막과 부분적으로 파손된 세번째 집 벽의 잔해였다. 전쟁 초기 이 지역에 가해진 엄청난 포격 이후 남은 거라곤 그게 전부였다. 그러나 지금은 지휘소 천막 하나와 부대원들의 취사용 천막이 그 오두막들 곁에 설치되어 있었다. 그리고 말뚝을 박고 기둥을 세우느라 쿵쾅대는 소리가 허공을 채웠다. 병사들이 자신들의 막사로 쓸 세 동의 천막을 설치하고 있는 중이었다. 그가 돌아오자 그의 부관인 선임하사가 찾아와, 부대원들이 근처에 있던 건물 잔해와 돌멩이들을 모조리 치웠으며, 또 한 무리는 참호를 다시 파고 있는 중이라고 보고했다. 그는 모든 임무는 밤이 오기 전까지 마쳐야 한다고 말하고, 분대장들과 몇

몇 상병들, 그리고 고참병들에게 즉시 지휘소 천막에 모이라는 명령을 하달하라고 지시했다.

*

오후의 햇살이 천막 입구를 채운 뒤 안으로 쏟아져 모랫바닥으로 번지자 병사들의 신발 자국들이 조그맣게 드러났다. 그는 그곳 주둔 시 자기 부대의 일차적인 임무는 이집트와의 남쪽 국경을 지켜서 아무도 침투하지 못하도록 막는 외에도 네게브 사막 남서쪽을 샅샅이 뒤져서 잔존 아랍인들을 모조리 제거하는 것이라는 설명으로 브리핑을 시작했다. 공군 소식통에 따르면 아랍인들과 잠입자들의 움직임이 감지됐다는 것이다. 그러므로 이 지역을 탐색하고 숙지하기 위해 매일같이 정찰 활동을 수행해야 한다. 이 작전에는 다소 시간이 걸릴 테지만 네게브 사막 이쪽 방면의 안전이 확보될 때까지 계속 주둔해 그 일을 수행할 것이다. 또한 부대원들을 사막 전투에 숙달시키고 제반 상황에 충분히 적응시키기 위해 그들과 함께 매일같이 훈련을 하고 군사작전을 전개해야 한다고도 덧붙였다.

참석한 병사들은 앞에 펼쳐져 있는 지도 위에서 그의 손이 움직이는 것을 눈길로 좇으며 그의 말을 경청했다.

그들이 있던 진지의 위치는 커다란 회색 삼각형 안의 작은 점, 거의 분간할 수 없는 검은 점 하나로 표시되어 있었다. 아무도 그의 말에 토를 달지 않았고, 침묵이 몇 초 동안 천막 안에 흘렀다. 상관은 지도를 바라보던 눈길을 뚱한 표정의 병사들 쪽으로 돌렸다. 병사들의 얼굴에서는 땀이 흘러내렸고, 입구를 통해 천막 안으로 들어온 빛 때문에 번들거렸다. 잠시 후 그는 병사들, 특히 최근에 충원된 신입병들이 복장과 장비를 잘 간수하는지 꼼꼼히 확인하고, 만일 누구라도 복장이나 장비가 부족하면 즉시 자기에게 보고하라며 지시를 이어갔다. 또한 병사들에게 개인위생의 중요성을 상기시키고 면도는 매일 하도록 지시하라고 말했다. 이어 그는 운전병인 병장과 두 명의 상병을 향해 고개를 돌리며 이제 그 지역의 예비 순찰을 위해 떠날 테니 채비를 하라고 명령한 뒤 집합을 끝냈다.

순찰에 나서기 전 그는 오두막 중 한 곳, 자기 막사로 접수한 곳에 들러 입구에 쌓아두었던 소지품들을 방 한구석으로 옮기기 시작했다. 그런 다음 짐 더미 속에서 물통 하나를 꺼내 작은 양철 대야에 물을 따랐다. 그리고 배낭에서 수건을 꺼내 방금 부은 대야의 물에 적셔서, 그 수건으로 얼굴을 닦고 땀을 훔쳤다. 이어 수건을 헹군 다음 셔츠를 벗어 겨드랑이를 닦았다. 다시 셔츠를 입고 단추를 채운 뒤 수건을 완전히 헹궈서 벽에 박힌 낡은 못 중 하나에 걸었다. 이어 대야를 밖으로 가져가 더러운 물을 모래밭에 버리고 방으로 가지고 돌아와서 나머지 소지품들과 함께 구석에 놓아둔 뒤 다시 밖으로 나갔다.

운전병이 운전대 앞좌석에 앉아 있고, 동행 명령을 받은 다른 병사들은 차 주변에 서 있었다. 그가 다가가자 그들이 뒷좌석에 올라탔고, 그는 앞좌석에 앉았다. 운전병은 자세를 가다듬고 점화 스위치를 돌려 시동을 걸었고, 그러자 텅 빈 공간에 굉음이 울려 퍼졌다.

그들은 서쪽을 향해 출발했다. 모든 방향으로 뻗어 있는 창백한 황색 언덕들 사이에서 갈 길을 잡았다. 차바퀴 밑에서 짙은 모래 구름이 피어올라 꽁무니에 꽁무니를 물고 퍼져나갔고, 그 바람에 뒤쪽의 시야가 완전히 가려졌다. 모래는 뒷좌석까지 덮쳐 그들은 눈을 감고 입도 꽉 다물어야 했다. 시시각각 모양이 변하던 모래 구름의 파도는 차량이 멀리 사라지고 엔진 소리가 완전히 잦아들 때까지 가라앉지 않았다. 그제서야 표류하던 모래가 서서히 언덕으로 내려앉아, 차량이 남긴 두 줄기 선명한 바퀴 자국을 부드럽게 만들었다.

차가 이집트와의 휴전선에 이르렀을 때 분계선을 정찰했는데, 어떤 위반 상황도 발견되지 않았다. 해가 지평선 가까이에 이르자, 먼지와 열기가 견디기 힘들 정도가 됐고, 그는 운전병에게 진지로 돌아가자고 명령했다. 그 일대에서 움직임이 관측되었다는 보고에도 불구하고, 정찰 도중에 어떤 생명체하고도 마주치지 않았다.

귀대했을 때는 어둠이 내리기 전이었지만, 동쪽 하늘은 이미 어둠 속에 거의 다 잠겼고, 별마저 살짝 모습을 드러내 희미한 빛을 발하고 있었다. 진지의 준비는 아직 끝나지 않아서 그는 차에서 내리자마자 일을 마치기 전에는 저녁을 못 먹는다고 말했다. 그 말을 들은 병사들은 더 분주하게 움직였고, 그들의 그림자도 더 빨리, 그리고 더 수선스럽게 진지 주변을 누비기 시작했다.

이어 그는 자기 숙소로 향했는데, 부근이 어찌나 깜깜한지 잠시 걸음을 멈췄지만, 곧 다시 다가가 문을 활짝 열어젖혀 실내의 어둠을 누그러뜨렸다. 벽에 걸어뒀던 수건을 집어 들어보니, 이미 바짝 말라 있었다. 물통에서 수건 위로 직접 물을 부어 흠뻑 적신 후 얼굴과 손의 땀과 먼지를 닦았다. 이어 다시 소지품들을 뒤져 랜턴을 꺼내 유리 문을 들어 올려 탁자 위에 올려놓은 뒤 불은 켜지 않고 숙소를 나섰다. 고작 몇 분간 실내에 머물렀을 뿐인데, 그 사이에 완전히 깜깜해져서 하늘에 총총 박힌 별들이 보였다. 밤이 마치 한꺼번에 진지를 덮친 듯싶었다. 병사들의 실루엣도 다시 천천히 움직였고, 막사의 구멍이나 열린 틈 사이로 새어 나온 랜턴 불빛과 함께 그들의 목소리가 깊고 푸른 밤을 꿰뚫었다.

그는 진지 시설물들을 둘러보며 일의 진척 사항을 점검했다. 특히 참호를 재구축하고 훈련 구역을 마련하는 과정을 세심히 살폈다. 모든 게 계획대로 진행되고 있는 것 같았는데, 다만 벌써 여덟시가 지난 게 문제였다. 통상 여덟시 정각에 식사를 위해 모였기 때문이다. 하지만, 곧 다들 취사 천막에 모여 식탁 주변에 둘러앉았다.

저녁 식사 후 그는 보름 달빛과 어두운 지평선 위에 흩뿌려져 있던 별빛의 안내를 받으며 숙소로 건너갔다. 잘 준비를 마친 다음 랜턴을 끄고 침대에 누웠다. 담요를 걷어차 몸이 완전히 드러났다. 극심한 열기가 방 안을 짓눌렀지만, 그럼에도 불구하고 그는 곧바로 잠에 떨어졌다. 누구에게나 길고 힘든 하루, 1949년 8월 9일이었다.

*

그는 왼쪽 허벅지 위에서 뭔가 스멀거리는 느낌 때문에 잠에서 깨어났다. 눈을 뜨자 칠흑 같은 어둠과 극심한 실내의 더위가 그를 맞이했다. 온몸이 땀으로 흥건했다. 속

바지 옷단 아래에서 물것이 느껴졌다. 그게 좀 더 올라오다가 멈췄다. 공허한 웅웅 소리가 지속적으로 허공을 채웠는데, 때때로 진지 보초병들이 속삭이는 소리가 그것을 끊어내곤 했다. 바람이 막사 지붕을 때렸고, 멀리서 개 짖는 소리도 들려왔다. 낙타 울음 비스름한 소리도 들렸다.

그는 잠시 가만히 있다가 슬그머니, 그리고 단번에 일어나 앉았다. 그러자 물것도 다시 움직였다. 그는 동작을 멈추고 제 다리에 눈길을 던졌다. 어둠이 몸 위에서 움직이던 놈의 정체를 숨겼지만, 이제 가구며 소지품들, 지붕 널판을 떠받치고 있는 나무 기둥들의 윤곽은 보였다. 달빛이 천장의 틈새로 희미하게 스며들었기 때문이다. 갑자기 그가 손을 내리쳐 그 물것을 허벅지에서 떼어냈고, 이어서 탁자 위에 있던 랜턴 쪽으로 몸을 날려 불을 켰다. 랜턴 덮개가 환한 불빛을 내쏘기 무섭게 그는 랜턴을 가지고 탁자와 침대 사이에서 둥그런 원을 그렸다. 아무런 움직임도 없었다. 랜턴이 돌아가는 데 따라 바닥에 흩어져 있던 자갈 몇 개의 그림자가 흔들거릴 뿐이었다. 그는 탐사 궤적에 침대를 포함시켰고, 이어 그 밑, 방 안의 네 구석, 문 근처, 가방과 트렁크, 나머지 소지품들, 벽과 천장, 그리고 다시 침대와 군화 주변을 차례차례 살폈다. 그런 다음 벽의 못에 걸려 있던 옷을 털었고, 다시 한번 침대 밑을 살폈으며, 방의 네 구석을 포함하여 바닥을 샅샅이 훑었고, 다시 벽과 천장, 마지막으로 제 주변에서 아무 목적 없이 이리저리 출렁거리던 제 그림자를 살폈다. 이제 그는 진정했고, 덩달아 불빛도 잠잠해졌으며, 방 안의 그림자들 역시 마찬가지였다. 이어 그는 타는 듯 따끔한 통증이 퍼져나가던 허벅지 가까이로 랜턴을 옮겼다. 불빛 아래 작고 빨간 반점이 둘 드러났다. 그가 내리치기 전에 물것이 그보다 더 재빨리 그를 문 게 틀림없었다.

그는 랜턴의 불을 꺼서 트렁크 옆에 두고 침대로 돌아왔다. 다시 잠을 이룰 수는 없었다. 허벅지 물린 데가 점점 더 쓰라려와서, 새벽이 다가올 무렵에는 산 채로 가죽이 벗겨지는 듯한 기분이었다.

마침내 그는 침대를 빠져나와 소지품들을 쌓아둔 구석으로 갔다. 이제 그곳은 천장 구멍으로 스며들어온 아침 햇살 때문에 얼룩덜룩했다. 그는 대야를 물로 채우고, 못에 걸린 수건을 빼내 물에 적셔 쥐어짠 뒤 얼굴과 가슴, 등, 겨드랑이를 골고루 훔쳤다. 이어 셔츠를 입고, 바지를 무릎 위까지 올린 다음 허벅지의 물린 상처를 살폈다. 두 개의 반점 주위가 살짝 부풀어 까맣게 변색되어 있었고, 통증으로 쓰라렸다. 그는 바지를 추켜 입고 셔츠를 바지 속으로 넣은 다음, 혁대를 채워 옷에 주름이 잡힐 때까지

조였다. 이어 수건을 헹궈서 다시 제자리 못에 걸어두었고, 벽과 천장, 바닥을 느긋하게 훑어본 뒤 방을 떠났다.

*

그들은 해가 아직 하늘 꼭대기를 향하고 있는 동안 아침 순찰을 마쳤다. 뜨거운 열기를 더 이상 견딜 재간이 없었다. 쇠가 엄청나게 달구어져 손을 대면 데일 듯 쓰라린 차 안에 앉아 있을 수 없었던 것이다. 1949년 8월 10일 오전이었다.

진지의 병사들은 막사를 따라 형성된 좁다란 그늘로 피신했다. 햇빛에 직접 노출된 곳에서는 모래 알갱이 하나하나가 아침부터 내리쬐던 볕의 열기를 고스란히 빨아들였기 때문이다. 하지만 그는 차에서 내리자마자 지휘소에 들르거나 진지를 둘러보지도 않고 곧장 숙소로 직행했다. 이글거리는 열기보다는 콕콕 쑤셔대는 위장의 통증 때문이었다. 순찰을 중도에 포기한 것도 그 때문이었다.

대야에는 그날 아침 씻을 때 쓴 더러운 물이 아직 그대로 담겨 있었다. 그는 대야를 들고 오두막 밖으로 나가 주변의 모래 위로 물을 쏟았다. 그런 다음 다시 물통에 있던 깨끗한 물로 대야를 채웠다. 그는 속옷만 남기고 겉옷을 모조리 벗었다. 그리고 못에서 수건을 내려 대야 속의 물에 적신 다음 제 몸을 닦기 시작했다. 얼굴에서 시작해, 목과 가슴을 닦고, 손이 닿는 대로 등도 닦았다. 다시 수건을 헹군 다음 팔과 겨드랑이도 닦았다. 다리는 맨 마지막에 닦았는데, 그사이 더 벌겋게 퉁퉁 부어오른 물린 자리는 조심스레 피했다. 이어 수건을 잘 헹군 다음 다시 못에 걸고, 소지품들이 놓인 구석에서 작은 상자 하나를 찾아 탁자로 가져갔다. 상자를 탁자 위에 내려놓은 뒤 뚜껑을 열어 소독제와 솜, 거즈를 꺼냈다. 이어 소독제로 솜을 적시고 물린 곳 주변을 무척 조심스레 닦아내기 시작했다. 소독이 끝난 뒤 허벅지를 거즈로 감고, 침대로 가서 드러누웠다. 극심한 경련이 그의 등과 두 어깨를 움켜쥐기 시작했다.

*

오후에 주변을 순찰해 더 많은 은신처를 찾아냈지만, 적의 잠입자는 발견하지 못했다. 주변에 단조롭게 반복되던 사방의 사구들은 정적에 쌓인 채 그들의 차가 남긴 바퀴 자국 말고는 어떤 흔적도 드러내지 않았다.

한편 진지에서는 시간이 지남에 따라 열기가 기승을 부

렸고, 병사들은 구역을 가로지르며 막사를 따라 이동하는 그늘을 쫓아 느릿느릿 행군을 이어갔다. 순찰에서 돌아오자 그는 복통이 더 심해졌음에도 고참병 몇 명이 섞인 무리 하나를 향해 다가갔다. 그는 그들에게 그날 있었던 두 차례 순찰에 대해 상세히 설명한 뒤, 그들이 특히 훈련 중 주변 환경과 더위에 잘 적응하고 있는지 물었다. 그들의 딱 부러지는 긍정적 대답을 들은 후 그는 자신들이 여기 주둔해 훈련하는 일의 중요성을 강조했다. 그는 그 일이 진지 바깥의 작전에 참가하는 것보다 결코 덜 중요한 일이 아니라고 했다. 그들이 참가하는 군사작전과는 별도로, 그들의 주둔과 인내심이야말로 그 지역을 장악함으로써 이집트에게 새 국경선을 압박하는 데, 그리고 국경을 넘어 들어오는 잠입자들을 막아내는 데 결정적이라는 것이다. 그들이야말로 휴전 선언이 이루어진 이래 이렇게 먼 남쪽까지 도달한 최초의, 그리고 유일한 소대로서, 이 지역의 안전 유지를 위한 모든 책임이 그들에게 주어졌다고 했다.

자신의 숙소인 오두막으로 돌아가는 길에 그는 지휘 천막에 들렀다. 거기서는 오후 순찰에서 돌아온 그의 부관과 분대장들, 운전병이 휴식을 취하고 있었다. 그는 그들에게 해 지기 전 다시 한 차례 순찰을 나갈 거라고 일러두었다.

*

이어 또 한 차례의 순찰을 나갔고, 다음날에도, 그다음 날에도 순찰을 계속했지만, 그 지역이 드러내는 것은 여전히 모래 폭풍과 먼지구름뿐이었다. 그런 것들이 자신들을 추적하고 괴롭히려고 작정한 것처럼 보였다. 그러나 모래 폭풍은 그들의 순찰을 막지 못했고, 황량한 언덕을 지배하고 있는 정적도 어딘가에 남아 있는 아랍인들을 찾아내 그들 속에 숨어 있는 첩자를 색출해내고야 말겠다는 그의 결심을 약화시키지 못했다. 첩자들은 차량의 굉음이 들리면 재빨리 사구 너머로 몸을 숨기는 것일 터였다. 때때로 그들의 검은 그림자가 사구와 사구 사이에 나타나 바로 앞에서 흔들리는 듯한 모습이 보였지만, 그쪽으로 서둘러 가봐도 막상 도착해보면 아무도 없었다.

극심한 더위와 어둠만이 이런 추적을 멈출 수 있었다. 불타는 햇볕을 더 이상 견디지 못하거나 밤이 내리기 시작할 때에야 그는 운전병에게 진지로 돌아가자고 말하곤 했다.

밤이 오면 대기가 좀 덜 무겁고 덜 뻑뻑해졌으며, 더위도 견딜 만했다. 그러면 병사들이 활기를 띠었다. 그들 대부분은 그곳에 도착한 이래 단 한 차례도 진지를 떠나지 못했다. 심지어 매일 막사가 만드는 그늘 띠, 훈련을 끝내면 그들이 피해 들던 그곳마저 벗어나지 못한 병사들도 있었다. 그래서 밤이면 그들의 대화와 웃음소리가 그 일대를 떠들썩하게 했는데, 열시가 되면 모두 막사로 돌아갔고, 그도 자기 오두막으로 갔다.

오두막 안의 어둠은 짙고 강했다. 때때로 그 공간에 소음이 배어들기도 했는데, 처음에는 누가 중얼거리는 소리나 의미가 불분명한 아우성의 토막들처럼 들렸다. 그러다가 점차 숙소 지붕을 때리는 바람 소리나 진지를 순찰하는 보초병들의 발소리, 혹은 그들이 갑자기 부르는 소리 따위를 가려낼 수 있게 됐다. 그 온갖 소리에, 먼 데서 나는 총소리와 개 짖는 소리, 어쩌면 낙타 그르렁거리는 소리까지 끼어들었다.

*

그는 몇 장의 지도를 펼쳐놓은 탁자 앞에 앉아 무거운 공기에 짓눌린 채 숨을 헐떡거리며 땀을 흘렸다. 아득한 소리가 그에게 이르자, 두통이 심해졌다. 아직 군복을 벗기 전이고, 발가락을 적시는 땀으로 가득 찬, 종일 제 발을 가두고 있던 군화조차 벗지 못했다. 1949년 8월 11일의 한밤중이 그렇게 다가오고 있었다. 그는 한 손으로 천천히 탁자 모서리를 짚고 무릎을 굽혀 일어서려다가 얼른 양손으로 의자를 잡아 몸을 지탱했다. 그리고 숨을 크게 들이쉬었다. 이어 방구석에 놓아둔 트렁크 쪽으로 가 몸을 구부려 손으로 자물쇠를 잡아 연 다음 뚜껑을 젖혔다. 오른손으로 안을 뒤져 탄창을 꺼냈다. 다시 몸을 일으켜 탁자로 돌아가서 탄창을 내려놓고 벨트형 주머니 속에 떨리는 손으로 조심스레 넣었다. 땀이 이마에서 관자놀이와 두 뺨으로 뚝뚝 떨어져 내렸다. 준비를 마치고 탁자 옆에 기대놓았던 총을 들어 어깨에 멘 채 숙소를 떠났다.

이틀 전 밤보다 달은 더 기울었지만, 밖은 더 부예진 듯했다. 그는 정문에서 잠시 멈춰 보초병들이 문을 열기를 기다렸다가 칠흑 같은 서쪽 언덕을 향해 발길을 뗐다. 어둠이 그를 부드럽게 집어삼켰다.

*

그는 극심한 위통과 등의 경련에 사로잡힌 채 오랫동안 걸었다. 발밑에서 모래가 움푹 파이거나 치솟을 때마다 균형을 잃고 휘청거렸다. 그럼에도 계속 어둠을 헤치고 나아갔다. 밤의 주름들 사이에서 아득히 울부짖는 소리가 가끔씩 솟아올랐다. 그러다 가파른 내리막이 느닷없이 그를 낚아채 비탈 밑으로 내동댕이쳤다.

마침내 더 이상 모래에 끌려 들어가지 않게 되었을 때, 그는 일어서려고 애썼다. 하지만 발과 손에 격심한 통증이 느껴지며 다시 모래밭으로 자빠졌다. 그래서 몸을 천천히 움직여 앉은 다음 숨을 깊이 들이마셨다. 그 결과 숨통은 조금 터졌으나, 가슴이 옥죄는 느낌까지 풀리지는 않았다.

그는 가만히 있으면서, 앞에 펼쳐진 광막한 모래사막에 두 눈을 고정시키고 어둠을 실컷 받아들였다. 왼손을 허벅다리 위에 놓고 바지 천을 통해 그 아래 물린 곳을 만져보았다. 그렇게 조금 있으니, 굴러떨어지는 동안 어찌나 쿵쾅대던지 질식할 것 같았던 심장 박동이 평소대로 돌아왔다. 머리를 먼저 오른쪽으로, 다시 왼쪽으로 돌렸다. 언덕 사이에는 저 혼자뿐이었다. 눈을 드니 온 하늘에 별들이 흩뿌려져 있었고, 언덕 위에서 별들 사이로 길을 내며 어두운 서쪽 지평선을 향해 가는 달도 보았다. 그는 제 다리에서 손을 떼어 옆의 모래에 대고 힘을 주어 일어서려 해보았다. 당장 균형을 잃고 쓰러질 듯했지만, 가까스로 자세를 바로잡고 다시 일어섰다. 앞에 솟아 있던 언덕을 향해 곧장 다가가서 오르기 시작했고, 두 눈을 어둠으로 가득 채우며 꼭대기에 이르렀다. 잠시 그곳에 머무르며 주위를 둘러싸고 있는 어둠 속을 살펴보았다. 간헐적인 울부짖음이 망설이듯 귓가를 스쳤는데, 언덕이 만들어내는 메아리 때문에 어느 방향에서 오는 소리인지 분간하는 것은 불가능했다. 사방으로 펼쳐진 광막한 사막에 도사린 어둠의 일부 같았다. 이윽고 그가 다시 걷기 시작했다.

*

그는 밤이 끝날 때까지 계속 걸었다. 어둠이 걷히기 시작했고, 언덕의 주름들이 여명 아래 드러났다. 아직 좀 쌀쌀한 공기가 옷 속을 파고들어 몸 위를 기며 뼈를 콕콕 찔렀다. 돌연한 발작에 휘말리며 몸이 격렬하게 떨렸고, 다시 호흡이 가빠지면서 걸음을 멈춰야 했다. 호흡을 가다듬으려 애썼으나 목구멍에서 갑자기 기침과 트림이 터져나오며 머리가 앞으로 홱 꺾였다. 그는 토하기 시작했다.

한바탕 욕지기가 끝났을 때, 그는 떨리는 손으로 허리에 찬 수통을 꺼내 뚜껑을 열고 입술로 가져가 몇 차례 입을 헹궜다. 침을 뱉고, 다소 진정이 되자 언덕 뒤편의 소리가 되돌아와 아까보다 훨씬 더 크게 들렸다. 새벽빛이 언덕과 소리의 거리를 갑자기 좁혀놓은 것 같았다. 사방에서 포위해오는 황량한 언덕으로 황급히 눈길을 던지자 다시 숨이 가빠지며 몸이 떨렸다. 그는 소리가 점점 커지고 있던 방향으로 곧장 걸음을 뗴었고, 가까이 다가갈수록 제 심장 박동 역시 커졌다. 마침내 소리의 정체가 조금씩 분간되었다. 그가 잠시 걸음을 멈췄다. 이어 엄습하는 오한에도 불구하고 소리 쪽을 향해 다시 출발했다. 마침내 드러난 것은 그의 부대원들 이외의 누구도 아니었다. 몇 시간 전에 떠났던 진지로 돌아가는 데 고작 십오 분이 걸린 것이다.

*

희미한 여명이 진지 주변의 언덕 꼭대기들을 감싸고 있었다. 방금 일어난 병사들이 사방에서 움직이고 있었다. 몇몇은 막사 밖으로 나왔고 또 몇몇은 안으로 모습을 감췄다. 어깨나 목에 수건을 걸치고 저수조 앞에 줄을 선 병사들도 보였다. 수돗물을 쓰기 위해 차례를 기다리는 거였다. 정문으로 들어온 그가 숙소로 가는 길에 자기들 곁을 지나치자, 그 길에 있던 모든 병사들이 차려 자세 후 오른손을 이마에 올리고 눈길을 앞으로 고정시켜 경례를 했다.

오두막 안에는 따스한 어둠이 도사리고 있었다. 그는 문을 닫고 들어가 탁자에 탄창 벨트를 벗어 내려놓고 침대 쪽으로 걸어가 오른쪽 벽에 총을 기대 세운 뒤 앉았다. 잠시 그렇게 가만히 있자 어둠이 물러가면서 방 안의 윤곽이 점차 또렷해졌다. 그사이 경련이 그의 온몸 구석구석을 파고들었다. 그는 천천히 몸을 굽힌 채 군화를 벗기 시작했다. 원래 갈색이던 군화는 세모래에 뒤덮여 연황색이 되어 있었다. 그는 두 손으로 군화를 벗겨낸 뒤 얼굴을 찡그리며 일어나 문 쪽으로 가서 문을 열고 문밖에 섰다. 군화 두 짝을 마주 대고 털기 시작하자, 먼지가 서서히 후광을 이루었다. 그 일을 끝내고 안으로 들어가 군화를 의자 밑에 놓은 뒤 셔츠와 바지를 벗어 의자에 걸쳐놓았다. 그런 다음 침대로 가 가장자리에 걸터앉은 뒤 왼쪽 허벅지 물린 데를 감싼 붕대를 응시했다. 노란 연고액이 하얀 거즈 표면까지 스며 나와 있었다. 그는 고개를 들고, 틈새로 파고든 아침 햇살을 피한 채, 방 안 여기저기를 둘러보았다. 방 안을 훑어본 뒤에는 침대에 몸을 맡긴 채 드러누웠다. 검은 점들이 즉시 눈앞에서 춤을 추기 시작했다. 곧 방 안의 사물들, 탁자를 필두로 탄창 벨트와 트렁크와 그릇, 벽에 박힌 못들과 의자에 걸쳐놓은 옷들, 그 아래 놓인 군화 등이 빙글빙글 돌았다. 지붕 널빤지와 문을 쪼개며 가로지른 빛줄기들, 막사와 컴컴한 사구, 그를 자빠뜨렸던 비탈과 그가 붙잡으려 했던 모래, 달과 희미한 지평선과 의자에 걸쳐놓은 그의 옷가지와 벽의 못들, 그리고 그가 다리에서 풀어낸 붕대도 춤을 췄다. 그가 침대에서 벌떡 일어났다가 도로 앉았다. 붕대는 제자리에 있었다. 그는 한참 만에 손을 붕대 위로 가져가 풀기 시작했다. 반 바퀴 벗겨낼 때마다 한 손으로 거즈의 다른 쪽을 잡았다. 연고의 누런색이 매번 같은 지점에서 드러났는데, 색이 바로 전보다 점점 더 진해졌다. 마침내 붕대를 모조리 풀어내고, 물린 곳에 눈길을 던진 그는 즉시 머리를 든 채 침대 밖으로 튕겨 나와 급히 몇 차례 마른침을 삼켰다. 오른손에서 달랑거리는 붕대를 바라보니 군데군데 찍혀 있는 연고 자국과는 별개로, 섬유의 여러 부분이 흉하게 망가져 있었다. 그는 탁자로 가서 거즈를 탄창 벨트 옆에 내려놓고, 고개를 숙여 허벅지의 부기를 살폈다. 가운데 고름이 차 있었고, 그 둘레를 붉은 원, 푸른 원, 그리고 검은 원이 두르고 있었다.

그는 물통에 남아 있는 물의 절반을 사용해 몸을 씻었다. 이어 가방에서 깨끗한 옷가지들을 고르고, 트렁크에서 새 붕대와 솜, 소독제, 그리고 연고 병을 꺼냈다. 그런 뒤 솜에 소독제를 적셔 부은 부위를 조심스레 닦아내고,

이어 검지에 연고를 찍어 물린 자리에 발랐다. 같은 과정을 다시 반복했다. 이어 세 번, 네 번, 부어오른 부위가 연고에 거의 다 가려질 때까지 반복했다. 그리고 새 붕대로 그 부위를 감싼 뒤 깨끗한 옷을 입고 군화를 신었다. 그런 다음 침대 가장자리에 걸터앉아 바깥에서 다가오는 소리에 귀를 기울이며, 방 안 구석구석까지 퍼진 아주 흐릿한 어둠에 몸을 맡겼다.

밖에서는, 진지가 활기차게 움직이는 병사들의 소음으로 가득 찼다. 하루에 두 번, 아침 동틀 때와 저녁 해 질 때 늘 벌어지는 일이었다. 기온이 선선해서 훈련도 하고 진지 안팎을 활발하게 돌아다닐 수도 있었기 때문이다. 그는 갑자기 침대를 박차고 일어나서, 부어오른 눈꺼풀이 허용하는 한 최대한 크게 눈을 떠서 방 한구석을 응시했다. 잠시 후 문으로 걸어가서 가능한 한 활짝 문을 열어젖혔다. 예리한 아침 햇살이 문턱을 넘어왔지만 어두운 내부를 밝혀줄 만큼 뻗지는 못했다. 그러는 동안에도 막사쪽에서 나오는 병사들의 목소리는 점점 더 커졌다. 그는 아까 살피던 구석으로 돌아가 그 아래 서서 얼굴을 가능한 한 바짝 갖다 대고 다시금 자세히 살폈다. 하지만 오랫동안 그러지는 못하고 몇 초 후에는 고개를 재빨리 숙인 채 눈을 마구 깜빡이면서 목을 문지르기 시작했다. 그리고 문에서 가장 가까운 구석으로 가서 허리를 굽혔다. 거기 몸을 웅크린 채 한 곳을 얼마간 살피다가 자기 소지품들을 포개놓은 곳으로 눈길을 돌리더니 그리로 엉금엉금 기어갔다. 트렁크에 다가가서는 그것을 자기 쪽으로 끌어당겨 그 뒤를 보았다. 다리가 가느다란 거미가 반대쪽에 붙어 있었다. 오른손을 뻗어 그놈을 으깬 뒤 다시 엉금엉금 침대로 향했다. 침대 밑에 몇 마리 작은 거미들이 옹기종기 모여 있었고, 그 옆에는 잿빛 딱정벌레의 사체가 널려 있었는데, 투명한 실로 자은 거미줄에 걸려든 거였다. 그는 그놈들을 모두 단번에 군홧발로 짓눌러 밀쳐버렸다. 그리고 다시 허리를 굽혀 얼굴을 바닥 가까이 대고 천천히 살폈다. 이어 방의 이곳저곳으로 재빨리 뛰어가 바닥을 기던 작은 벌레 몇 마리를 으깼다.

그는 이제 여유 있게 방 안을 돌아다니며 사방의 벽들을 이 잡듯 샅샅이 뒤졌다. 거미 두 마리와 나방 한 마리. 그는 그것들을 제거했다. 그런 다음 탁자 위로 올라가 천장을 향해 고개를 들어 아까 보던 구석에 시선을 고정시키자, 눈앞에서 까만 점들과 선들이 흔들거리기 시작하더니 곧 눈앞이 완전히 캄캄해졌다. 하마터면 균형을 잃고 넘어질 뻔했고, 그래서 얼른 뛰어내려 의자를 끌어당긴 뒤 털썩 주저앉았다. 이어 탁자 가장자리에 머리를 뉘고,

충혈된 두 눈을 감았다.

그러는 사이 작은 벌레 한 마리가 방의 구석을 향해 기어갔고, 바닥과 벽 사이의 틈으로 미끄러지더니 그 속으로 사라졌다.

그는 얼마 후 눈을 뜨고 몇 번 깜빡거리다가 고개를 들고 손바닥을 얼굴로 가져가 찡그린 표정으로 관자놀이를 눌렀다. 바깥에서 낙타가 그르렁거리고 개가 컹컹 짖는 소리가 허공을 침투해 들어왔지만, 훈련 중이거나 진지 안을 돌아다니는 병사들의 소음이 곧 그것들을 집어삼켰다. 그는 다시 두 눈을 감았다. 그리고 제각기 다른 부피와 색깔과 거리를 지닌 갖가지 소음에 둘러싸인 채 가만히 앉아 있었다. 1949년 8월 12일 새벽이었다.

*

오래지 않아 그는 병장 두 명과 병사 세 명을 데리고 차에 올라탔다. 그의 눈길은 차의 발판을 디딘 뒤 제 몸을 밀어 넣어 앞좌석 밑바닥을 디디는 자신의 오른발을 좇았다. 왼쪽엔 변속기와 다섯 개의 계기판이 있었고, 계기판의 눈금들이 신경질적으로 떨렸다. 곧 까만 점들이 나타나 수 초 동안 그의 시야를 가렸다 사라졌고, 다시 나타나 더 오래 지속되었다.

이번에는 순찰을 떠나기 전이면 통상적으로 살펴보던 지도를 펴보지도 않고 출발했다. 대신, 운전병에게 특정 방향으로 곧장 가라고 명령했다. "저 언덕." 그가 짧게 말했다. 그의 손은 지평선 위에 새겨진 한 능선을 가리켰다.

차바퀴는 밑의 모래를 집어삼켰다가 공중으로 사납게 흩뿌렸다. 모래는 늘 그렇듯 차의 후미로 길게 이어지는 먼지구름으로 바뀌었다. 일행은 길 양쪽으로 지치지도 않고 올라오는 언덕들을 응시했다. 하지만, 그가 가자고 한 언덕에 이르면, 그는 다시 바로 앞 지평선에 놓인 다른 능선을 가리켰다. 그렇게 언덕과 언덕 사이로 이동하며 순찰을 계속하다 마침내 언덕 하나에 차를 세우고 모래 위에 보이던 어떤 자취를 살펴보기로 했다.

엔진의 굉음이 가라앉고 그들이 차에서 내리자 거의 완벽한 정적이 찾아왔다. 수색에 나선 그들이 모래를 밟으며 내는 둔탁한 발소리가 전부였다. 순찰을 마치자 그들은 물을 좀 마시고 차로 돌아왔고, 그가 운전석 옆자리에서 손가락으로 가리키던 '저 언덕'으로 다시 출발했으며, 그는 심호흡을 하며 눈을 감았다. 그가 다시 눈을 뜨자 자신이 가리켰던 언덕은 그의 눈앞에서 미친 곤충들처럼 날뛰는 까만 점들 때문에 흐릿해졌다. 갑자기 그가 손바닥을 편

채 재빨리 팔을 들었고, 병사들은 즉시 조용해졌다. 다음 순간 그는 운전병에게 시동을 걸라고 신호를 보냈다. 그러나 시동이 걸리기 직전, 개 짖는 소리가 들려왔다.

*

멀리서 가시아카시아와 테레빈 나무들이 나타났고, 그 앞에서는 참새그령들이 자라고 있었다. 빈약한 풀줄기들 사이에 얕은 샘 하나가 숨어 있는 곳이었다. 차가 멈추자마자, 그는 훌쩍 뛰어내려 나무들을 향해 비탈 아래로 달려가기 시작했다. 모래 비탈이 부드럽게 그를 밀어주었고, 일행이 그의 뒤를 쫓았다. 그는 그들을 돌아보지 않은 채 시선을 오직 앞에 있던 한 무더기 나무들에만 고정시키고 있었다. 나뭇가지들 뒤에서 개 짖는 소리와 낙타 그르렁거리는 소리가 새 나오고 있었기 때문이다. 비탈 아래 도착하자 그는 그루터기를 향해 전진했다. 나뭇가지들을 헤치자 곧 샘물 곁에 꼼짝도 하지 않고 서 있던 한 무리의 아랍인들이 모습을 드러냈다. 그의 두 눈이 크게 뜬 그들의 눈과 마주쳤다. 그리고 개가 컹컹 짖자 순간적으로 몇 발짝 내딛던 낙타들의 눈과도 마주쳤다. 이어 요란한 총성이 울렸다.

*

　마침내 개 짖는 소리가 멈추고, 일순 정적이 감돌았다. 들리는 소리라곤 검은 옷 속에서 딱정벌레처럼 웅크리고 있던 소녀 하나의 숨죽인 흐느낌과, 무기 수색에 나선 병사들의 움직임에 따라 가시아카시아와 테레빈 나무의 잎사귀들, 그리고 참새그렁들이 바삭거리는 소리뿐이었다. 그는 한동안 제자리에 서서 그곳, 한없이 펼쳐진 황량한 사구들 가운데에 가축이 남긴 배설물 덩어리를 살폈다. 이어 마른 풀에 덮인 작은 언덕처럼 땅에 엎드린 낙타들 둘레를 돌았다. 모두 여섯 마리였다. 다 죽었고 그 녀석들이 흘린 피를 모래가 힘없이 빨아들였지만, 다리 몇 개는 미미하게나마 움직임을 보이고 있었다. 이어 그의 눈길은 낙타 한 마리의 입가에 놓인 마른풀 한 덩어리에 머물렀다. 뿌리째 뽑힌 풀에 여전히 매달린 모래 알갱이들이 보였다.

　어떤 무기도 발견되지 않았다. 병장 둘과 병사들이 그 일대를 여러 차례 샅샅이 훑었지만 아무 소득도 없었다. 마침내 그는 계속 흐느끼고 있던 검은 물체 쪽으로 몸을 돌린 뒤 그 소녀에게 달려들어 두 손으로 그녀의 몸을 잡고 거칠게 흔들었다. 그러자 소녀의 울부짖는 소리가 더 커졌고 개도 덩달아 짖기 시작했다. 결국 그는 소녀의 머리를 땅바닥에 밀쳐 눕히고 오른손으로 그녀의 입을 틀어막았는데, 그 바람에 그의 손이 그녀의 끈끈한 침과 콧물과 눈물로 범벅이 되었다. 그녀의 냄새가 코를 찔러 고개를 돌릴 수밖에 없었지만 그는 곧 다시 그녀를 향해 고개를 돌리고, 이제는 다른 손을 자기 입으로 가져다 검지를 제 입술에 대고 그녀를 똑바로 응시했다.

*

진지로 돌아오니 대부분의 병사들은 막사를 따라 좁고 길게 형성된 그늘에 앉아 있었다. 소녀와 개를 차 뒤 칸에서 끌어내자 그늘에 있던 병사 몇몇이 다가왔다. 그가 막사를 향하던 시선을 모래땅 쪽으로 돌리자, 모래 표면이 오전의 눈부신 햇빛을 되쏘았고, 차량으로 눈을 돌리니 빛이 다양한 세기로 눈에 들어왔다. 그러자 다시 검은 점, 회색 점들이 시야에 나타났는데, 그 현상은 주변을 맴도는 파리들 때문에 더 심해졌다. 마침내 그의 시선은 소녀를 어떻게 처리할지 묻는 부관에게 고정되었다. 그는 잠시 동안 아무 말도 하지 않았다. 그의 턱이 움직이지 않았다. 그러다가 고개를 수그린 채 눈을 감고 몇 차례 심호흡

을 한 뒤 당분간 다른 오두막에 가두고 병사 하나를 배치
해 지키라고 대답했다. 어떻게 처리할지는 나중에 결정할
거라고 했다. 어쨌든 그녀를 이 황량한 곳에 그냥 풀어줄
수는 없는 노릇이었다. 그리고 다시 고개를 들어 주변으
로 몰려든 병사들을 보고 분명하고 위협적인 목소리로 소
녀에게 가까이 가지 말라고 명령했다. 그런 다음 그들을
뒤로하고 자기 숙소로 향했다.

　그는 실내에 들어서자마자 침대로 가서 드러누웠고 퉁
퉁 부은 눈꺼풀을 감자 곧 혼곤한 잠에 빠져들었다.

*

　그는 눈을 뜨고 천천히 움직여 조심조심 침대 가장자리
에 가 앉았다. 잠시 후 왼손을 들어 손바닥으로 뺨을 비빈
후 자리에서 일어나, 문가로 가 문을 활짝 열어젖혔다. 문
가에서 바깥을 살피자, 빛이 숙소 안 어둑한 공간으로 들
어와 그의 몸 주변을 은근하게 기었다. 그리 오래 잠을 잔
것은 아니었다. 적어도 아직은 모래 위 그림자가 더 길어
질 시간은 아니었다. 그는 돌아서서 안으로 들어가 두 눈
으로 벽과 구석구석과 천장을 샅샅이 살피며 방 안을 맴
돌기 시작했다. 세 마리 가느다란 거미들의 움직임이 포

착되어서, 손바닥으로 한꺼번에 내리쳐 잡았다. 이번에는 소지품이 놓여 있는 구석으로 가서 대야에 물을 조금 따르고, 트렁크에서 면도용품과 작은 거울을 꺼냈다. 이어 거울을 못 하나에 걸고 거기 비친 자신의 모습을 자세히 들여다보았다. 그의 피부는 지난 사흘간 더 시커멓게 탄 데도 있고 더 빨갛게 익은 데도 있었다. 항상 모자를 쓰고 조심하려고 했는데도 특히 눈 주변이 벌게졌다. 이마에는 선명한 모자 자국이 남아 있었다.

그는 턱과 뺨에 면도용 비누를 칠했고, 대야 속 깨끗한 물에 솔을 적셔 피부가 새하얘질 때까지 얼굴에 대고 동그랗게 문질렀다. 그 작업을 다 끝낸 뒤에는 비누 거품을 면도기로 긁어내기 시작했는데, 처음에는 두 뺨에서, 이어서는 목에서 거품을 제거했다. 한번 움직일 때마다 면도기에 거품이 묻어났는데, 그의 금빛 구레나룻 긁어낸 것과 섞이면서 점점 하얀색에서 모래알 같은 옅은 갈색으로 바뀌었다. 이어 면도기를 대야 테두리에 대고 돌려서 거품을 모조리 없앴다. 거품은 그릇 속으로 천천히 미끄러져 물 표면에 닿았고 잠시 떠 있다가 이내 풀어지기 시작했다.

면도를 마친 후 그는 더러운 물을 밖으로 가져다 입구에서 멀리 떨어진 모래 위에 부었다. 이어 다시 들어가 문을 닫았는데 완전히 닫지는 않아서 얼마간의 빛이 등 뒤를 기었다. 그는 물통의 물을 다시 한번 대야에 부었고, 옷을 벗은 다음 물린 자리를 외면하면서 붕대를 풀었다. 그 자리는 더 이상 따끔거리지는 않았지만 감염된 상처 같은 모습이 되어 있었다. 그는 다른 병사들과 함께 목욕하는 것을 피해서 다시 숙소 안에서 혼자 씻기 시작했다.

먼저 수건을 대야의 물에 적셔서 비누에 대고 문지른 다음 얼굴과 목과 두 귀를 닦았다. 수건을 헹궈서 배를 닦고 손이 닿는 데까지 등도 닦았다. 다시 수건을 헹군 뒤 두 팔과 겨드랑이를 닦고, 다리로 가져가 시선을 회피한 채 허벅지의 물린 자리 주변을 조심조심 닦았다. 그럼에도 목구멍에서 욕지기가 일어 재빨리 위를 쳐다보면서 천천히 깊은숨을 쉬었다.

사타구니를 닦고 나서 그는 수건에 비누칠을 해 완전히 새로 빤 뒤 벽에 걸고 침대로 돌아가 누웠다. 상처 부위에 붕대는 감지 않았다. 잠시 후 다시 일어나 구석의 트렁크 쪽으로 가 새 거즈와 솜, 소독제를 꺼냈다. 소독제를 솜에 적당히 붓고 상처 부위를 서둘러 닦은 뒤 다리에 붕대를 감았는데, 너무 꽉 감지는 않았다. 소독제를 다시 트렁크에 넣고 옆에 있는 잡동사니 가방 쪽으로 몸을 굽혔다. 거기서 깨끗한 옷가지를 꺼냈는데, 진하지는 않아도 제법 신선한 냄새가 풍겨 나왔다. 향기는 그의 콧속으로 미끄러지듯 들어가 잠시 안에서 휘돌다 사라졌다.

옷을 입을 때 깨끗하고 건조한 섬유가 그의 살갗에 쓸렸다. 그는 부은 눈을 가끔씩 깜박거리면서 벽과 마루와 천장을 샅샅이 훑었다. 사방이 완벽하게 괴괴했다. 그는 군화를 신고 문가로 걸어가 반쯤 열린 문을 활짝 열어젖힌 다음 거기 선 채 앞에 뻗어 있는 광경을 바라보았다. 눈에 들어온 것은 주로 하늘이었다. 해가 서쪽 하늘 언저리에 걸려 있었다. 이어 모래와 막사와 두번째 오두막이 눈에 들어왔고, 오두막에서 조금 떨어진 곳에 개가 머리를 앞발에 괴고 엎드린 채 그 오두막의 문을 응시하고 있었다. 문은 잠겨 있었고, 병사 하나가 옆에 앉아 지키고 있었다.

*

그가 두번째 오두막에 다가서자, 개가 앞발을 들고 뛰어올라 짖기 시작했지만, 그는 눈길도 주지 않았다. 대신 보초를 향해 몸을 돌리며 문을 열라고 명령했다. 그가 들어섰지만, 그를 따라 들어온 햇빛은 실내의 어둠을 물리치지 못했다. 그는 즉시 돌아 나와 밖에서 대기하던 보초에게 소녀를 데리고 따라오라고 명령했다.

그가 몇 발짝 떼기도 전에 개가 다시 짖어대기 시작했다. 그는 돌아보는 대신 발걸음을 늦추고 시선을 낮춰 모래 위 제 그림자를 보았다. 그가 저수조를 향해 진지를 가로지를 때 그림자는 무중력상태로 기면서 앞장을 섰고, 보초는 명령을 수행하러 갔다. 오후였다.

저수조에 도착한 그는 소녀의 팔을 붙잡고 뒤따라오던 보초를 향해 고개를 돌렸다. 개도 따라왔다. 그는 보초에게 그 자리에 서라고 명령을 내리고 병사용 막사 쪽을 흘끗 보았다. 막사 그늘에 머물던 병사 여러 명이 저수조 쪽으로 다가와 눈앞에서 전개되고 있던 장면을 지켜보고 있었다. 그는 처음 눈에 띈 병사에게 호스를 가져다 수도꼭지에 이으라고 지시했다. 병사는 즉시 진지 가운데 임시창고 쪽으로 갔다. 그들을 둘러싸고 모여든 한 무리의 병사들은 소녀가 있는 방향으로 조용히 시선을 옮겼다. 반면그는 가까이 서 있던 개를 지켜보다가, 연푸른 하늘을 향해 사구들과 경주를 벌이던 막사들 쪽으로 시선을 돌렸다.

얼마 후 병사가 팔에 가지런히 호스를 감고 돌아와 곧장 저수조로 걸어가더니 호스의 한끝을 수도꼭지에 끼웠다. 그는 병사에게 다른 쪽 끝은 자기에게 건네라고 말했다. 병사가 팔에 감긴 호스를 모랫바닥으로 던진 뒤 저수조에서 멀어지자, 호스가 병사를 따라 부드럽게 모래밭 위를 기었다. 병사가 그에게 호스를 건넸고, 그는 당장 소녀에게 덤벼들어 왼손으로 그녀의 머리에 있던 검정색 스카프를 벗겨냈다. 이어 오른손으로는 여전히 호스를 쥔 채 양손을 그녀의 옷 칼라에 대어 반대 방향으로 잡아당겼다. 정적을 깨뜨리는 날카로운 소리가 났다. 그는 이제 소녀의 둘레를 돌면서 그녀의 찢어진 옷을 벗겨내 힘껏 내던졌다. 그녀가 걸친 다른 옷들도 똑같이 했다. 실이 교차하는 곳마다 온갖 냄새가 뒤섞여 배어 있었다. 비료 냄새, 톡 쏘는 오줌과 생리 냄새, 새 땀을 압도하는 오래된 땀의 시큼한 악취까지. 공기는 점차 그 모든 악취로 채워졌고, 어떤 냄새는 여전히 소녀의 몸에 달라붙어 있어서 그는 그녀 주변의 공기를 들이마시지 않으려고 가끔씩 고개를 돌려야 했다. 마침내 그는 몇 발짝 물러나, 자신에게 호스를 가져다준 뒤 수도꼭지 옆에 서 있던 병사에게 물을 틀라고 말했다.

잠시 후 물줄기가 호스를 관통하며 그의 손안이 더 묵직해졌다. 그러다 그가 갑자기 노즐에서 손가락을 떼자 물이 모래 위로 쏟아졌다. 물은 모래 알갱이들에 배어들며 그것들을 비스듬한 그늘 속 모래와 똑같은 색깔로 바꾸어놓았다. 그는 소녀를 향해 재빨리 노즐을 돌렸다. 물이 그녀의 온몸에 쏟아져 내리기 시작했다.

그는 사방으로 튀는 물을 피하려고 몸을 활처럼 구부린 채 계속 그녀에게 물을 뿌렸다. 그녀 주변을 빙빙 돌면서 처음에는 배, 다음에는 머리, 등, 다리와 모래 알갱이들이 묻어 있는 발을 향해 물을 겨눴으며, 이어 다시 상반신을 겨눴다. 그녀의 몸 구석구석을 적신 뒤 그는 엄지로 노즐을 막았고, 주변을 둘러싼 병사들 쪽으로 몸을 돌려, 처음 눈이 마주친 병사에게 당장 비누 하나를 가져오라고 말했다.

비누가 올 때까지 병사들은 서로를 마주 보거나 모래 위에서 부들부들 떨며 공처럼 웅크리고 있는 소녀를 바라보았다. 비누는 병사의 손에서 그의 손으로, 다시 그녀의 발밑 모래땅 위로 미끄러졌다. 그는 아직 호스를 들고 있던 오른손으로 비누를 가리켰고, 왼손은 자기 머리와 가슴 위에서 빙빙 돌렸다. 소녀는 꼼짝하지 않았고, 병사들 쪽에서 킥킥거리는 웃음소리가 새어 나왔다. 그러자 그는 그녀의 눈을 똑바로 바라보면서 비누를 주우라고 큰 소리로 명령했다. 병사들의 웃음소리와 중얼거리는 소리가 즉시 뚝 끊겼다. 개가 헐떡거리는 소리만 남아 공기를 비틀었다. 소녀는 천천히 손을 움직여 비누를 집었다. 그녀의 몸뚱이에서 물이 뚝뚝 흘러내렸다. 그녀는 몸을 조금 일으켜 비누를 머리에 대고 빙빙 돌리기 시작했다. 이어 가슴에 대고 비누칠을 하자, 곧 하얀 거품 막이 그곳을 덮으면서 잠시 갈색 피부를 가렸다. 그러는 동안 그는 그녀를 둘러싼 젖은 모래의 동그라미를 내려다보았다. 물은 그리 멀리 달아나지 못했다. 그녀의 발 주변 모래가 즉시 죄다 빨아들였던 것이다. 그가 다시 그녀에게 눈길을 돌리자, 비누 거품이 그녀의 몸뚱이 거의 전부를 덮고 있는 모습이 들어왔다. 특히 몸의 전면이 그러했다. 그는 엄지를 호스에서 떼었다. 물이 다시 분출됐다. 그가 재빨리 엄지와 검지로 노즐을 죄자 물은 더 강하고 더 멀리 그녀를 향해 뻗어나갔다.

그는 그녀의 몸에서 비누를 제거하기 시작했다. 이따금 비누가 미치지 않은 곳으로 물줄기를 겨눠 거품을 그쪽으로 뿌렸다. 그녀의 몸에서 비누 거품을 거의 다 없앤 후, 그는 엄지로 호스의 노즐을 막은 채 수도꼭지를 잠그라고 명령했다. 딱히 한 사람을 지목하지는 않았다. 주변에서 다시 소동이 일어났고, 개가 잔뜩 긴장하고 경계하며 줄곧 거기 서서 몹시 숨이 찬 듯 혓바닥을 할딱거렸다. 그가 갑자기 수도꼭지로 향하던 병사를 부르더니 잠시 기다리라고 말하고, 엄지를 호스에서 떼어낸 뒤 개를 향해 물줄기를 겨눴다. 하지만 물이 닿기가 무섭게 개가 달아나버려, 그는 미소를 짓고 병사들도 폭소를 터뜨렸다. 그가 다시 병사에게 수도꼭지를 잠그라고 명령했다. 물이 멈추자 그는 호스를 모랫바닥에 내던졌다.

가까이, 호스에서 멀지 않은 곳에 소녀의 낡고 찢어진 옷가지가 널려 있었는데, 햇빛에 바랜 색깔이 고사한 식물을 연상시켰다.

그가 다시 명령을 내렸는데, 몇몇 병사가 경쟁적으로 그 임무를 수행하려 했기 때문에 그중 한 명이 셔츠를 가져오고 다른 한 명이 반바지를 가져오는 데까지 오랜 시간이 걸리지 않았다. 그는 그 옷가지들을 오른손으로 받아서 소녀에게 내밀었다.

셔츠와 바지는 얼마간 공중에 떠서 그의 손아귀에서 대롱거리고 있었다. 오른손으로 최대한 제 앞몸을 가리려고 애쓰던 소녀가 마침내 왼손을 뻗었다. 해가 그새 그녀의 몸에서 물기를 말려버렸다. 그녀의 살갗 여기저기, 그리고 오른쪽 가슴골 그늘에만 몇 방울 남아 있었다. 그의 눈길이 잠시 거기 머물렀지만 곧 그녀의 손으로 옮겨갔다. 소녀의 손이 아주 가까이 있어서 그가 재빨리 손가락을 폈는데, 그 바람에 옷가지들은 소녀가 잡기 전에 모래 위로 떨어지고 말았다.

*

　새 옷을 입자 소녀는 길고 곱슬곱슬한 머리만 뺀다면 언뜻 주변을 둘러싼 병사들과 크게 다르지 않아 보였다. 그는 병사들을 둘러보다 위생병을 찾아내 새 임무를 부여했다. 소녀의 머리를 소독하고 짧게 깎아서 진지에 이가 번지는 것을 막으라는 거였다. 위생병은 한 병사를 데리고 그곳을 떠났다가 몇 분 후에 돌아왔다. 위생병은 가방 하나와 작은 의자를 들고 왔고, 병사는 휘발유 냄새를 풍기는 통 하나를 들고 왔다. 위생병은 의자를 바닥에 내려놓고 그 옆에 가방을 놓았다. 이어 소녀 쪽으로 몸을 돌려 그녀의 팔을 잡아 의자 쪽으로 끌어다 어깨를 눌러 앉혔다. 그는 가방 위로 몸을 구부려 한 쌍의 장갑을 꺼내 재빨리 낀 다음 병사에게 휘발유 통을 가져오라고 손짓했다. 위생병은 통을 건네받아 소녀의 머리 위에 대고 머리가 완전히 젖을 때까지 부었다. 그런 뒤 통을 내려놓고 나서 그녀의 두피를 두 귀와 목 뒤쪽 머리카락에 신경을 쓰면서 참을성 있게 문지르기 시작했다. 이어 가방에서 빗과 가위를 꺼낸 뒤 그를 바라보며 얼마나 짧게 깎으면 좋을지 물었다. 그가 귀까지 깎으라고 대답했다. 위생병이 빗으로 그녀의 머리를 가르자 가르마를 따라 순백색 두피가 햇빛 아래 드러났다.

병사들은 소녀의 머리카락이 그녀 주변의 모래땅으로 가만히 떨어져 내리는 모습을 지켜보았다. 그러는 동안 보초와 다른 병사 한 명이 개를 붙들어 잡고 녀석의 황갈색 털에 휘발유를 부은 다음 문질렀다. 그렇게 하는 동안 경련이 장교의 몸을 훑고 지나갔고, 그들을 향해 곧장 내리쬐는 혹독한 오후 햇살에도 불구하고 몇 초간 지속되었다.

위생병은 곧 머리 자르기를 마치고 가위와 빗과 의자를 소독했다. 다른 병사가 모래에 흩뿌려진 머리카락을 모아서 헝겊 조각에 싼 다음 공 모양으로 만들어 그녀의 찢어진 옷가지들 위로 던졌다. 그리고 장교의 명령에 따라 모두 한꺼번에 불태웠다.

옷가지들을 집어삼킨 불꽃에서 멀리 떨어진 곳에는 모래 위를 가로지른 몇 가닥의 짧고 검은 고수머리가 흩뿌려진 채 남아 있었다.

*

소녀는 다시 두번째 오두막에 갇혔다. 보초와 개도 각기 문 앞 각자의 자리로 돌아갔다. 모였던 병사들 역시 하나둘 막사 그늘로 철수해서, 그와 그의 부관, 그리고 세

명의 분대장만 남아 대화를 나눴다. 그들은 이제부터 더 조심할 필요가 있었다. 그날 아침의 작전에 대한 보복으로 이제 몇 주 동안 아랍인들의 습격이 예상되므로, 그런 경우에 대비해 추가 병력을 더 배치해 진지 주변을 더 철저히 경계해야 했다. 소녀는 기회가 되는 대로 그가 직접 중앙사령부나 아랍인 지역에 데려다줄 터였다. 그녀를 오래 거기에 잡아둘 수는 없는 노릇이었으니까. 그때까지는 진지 주방에서 일을 시키기로 했다.

이런 결정과 함께 그는 그들을 두고 정문으로 향했고, 거기서 서쪽 언덕들에 이르는 지역을 빠르게 수색 정찰했다. 하지만 다리에 경련이 일어 아주 멀리 갈 수는 없었다. 그래서 가까운 언덕에 앉아 황량한 모래 빛 풍경을 계속 관찰했다. 때때로 병사들이 웃거나 서로를 부르는 소리를 제외하면 정적이 주변을 감싸고 있었다. 그때 어떤 영상이 그의 눈앞에 나타났다. 모래에 자빠진 낙타, 뿌리째 뽑힌 풀 무더기, 그리고 소녀.

*

그는 깜빡 잠이 들었다가 눈을 뜨고 오른쪽의 진지를 바라보았다. 그러는 동안 왼손으로 바지 안 허벅지의 부어오른 곳을 더듬어보았다. 이어 자리에서 일어나 진지 반대 방향으로 해를 향해 걷기 시작했다. 해는 이제 지평 선에 아주 가까이 있었다.

그는 막사 쪽에서 흘러나오던 소음이 완전히 사라질 때 까지 계속 서쪽으로 걸어갔다. 더는 아무 소리도 들리지 않았다. 소리가 완전히 사라졌을 때, 그는 사구 위에 쓰러 졌다. 숨이 가빠졌고 목구멍에서 쓴 물이 올라왔다. 몇 차 례 심호흡을 하며 둥근 해를 피해 서쪽으로 뻗어나간 사 막에 시선을 고정했다. 여섯시가 다 되어가지만, 더위는 여전히 극심했다.

이윽고 해가 언덕 뒤로 사라지고 바람이 살랑 불어와 텁 텁한 공기가 좀 가벼워졌다. 성급한 별 하나가 동쪽 지평 선 위에서 깜빡거렸다. 그는 가까스로 몸을 일으켜 진지 쪽으로 방향을 틀었다. 처음에는 저녁별을 따라 걷다가, 조금 후에는 갈수록 커지고 있던, 허공에 메아리쳐 울리 는 개 짖는 소리를 따라갔다. 그러는 동안 내내 어둠이 서 서히 하늘을 잠식하면서 푸른색이 짙어졌다. 1949년 8월 12일 저녁이었다.

＊

　그가 진지로 돌아왔을 때에도 개는 여전히 짖고 있었다. 그가 두번째 오두막으로 곧장 다가가자 개는 더 요란하게 짖었다. 그는 보초병에게 별일 없는지 물었고, 보초병은 그렇다고 대답했다. 갑자기 문이 열리면서 소녀가 밖으로 뛰쳐나오더니, 울면서 알 수 없는 소리를 지껄여댔고, 그 소리가 개가 쉬지 않고 컹컹대는 소리와 뒤섞였다.

　그리고 땅거미가 진 후 완전한 어둠이 닥치기 직전의 그 순간, 소녀의 입에서 그들이 쓰는 것과 다른 말이 터져 나오던 바로 그 순간, 그 소녀는 겉모습이 진지 안 다른 병사들과 아무리 닮았더라도 다시 한번 이방인이 되었다.

　오두막 오른쪽의 보초병은 가만히 선 채 모래땅을 내려 다보며, 무심히 고개를 젓는 상관의 시선을 피했다.

＊

　그날 저녁 그는 이전과는 달리 성공을 거둔 그날 아침의 순찰을 축하하기 위해 특식을 준비하라고 지시했다. 마지막 병사 한 명까지 식탁에 앉은 여덟시 정각, 그가 자리에서 일어나 소대원들에게 인사말을 건네며 그들이 그 일대를 방어하고 보호하는 역할을 잘 수행하고 있는 데 대해 치하했다.

"남부는 아직 위험하다. 이 지역을 고수하고 여기 머물러 있기 위해 최선을 다해야 한다. 그러지 않는다면 이 영토를 잃을 것이다.

이 지역을 우리 신생국가의 일부로 수립하는 데, 그리고 미래 세대를 위해 지키고 유지하는 데에 우리의 모든 힘과 정신력을 주저 없이 바쳐야 한다. 그러려면 적이 나타나기를 기다리는 대신, 우리 스스로 적을 찾아내야 한다. 속담에도 있듯이 '누가 너희를 죽이러 온다면, 먼저 일어나서 그를 죽여야 한다.'

우리는 망명하는 수많은 우리 민족을 수용할 만큼 넓은 땅을 모르는 척 놔둘 수 없다. 우리 민족이 귀향하지 못하도록 방관할 수 없다. 지금은 잠입자들과 한 줌의 베두인들, 낙타들 빼고는 아무것도 없어 황무지처럼 보이는 이 땅이 실은 우리 선조들이 수천 년 전에 지나갔던 곳이다. 만일 아랍인들이 아무짝에도 소용없는 민족주의적 감정에 따라 행동하면서 우리가 이곳에 정착하는 것을 거부한다면, 만일 그들이 우리에게 계속 저항하며 이 지역을 황무지로 내버려두려고 한다면, 우리는 군인답게 행동할 것이다. 아랍인들은 이 땅을 하찮게 여겨 수백 년 동안 베두인과 그들의 짐승의 차지가 되도록 방치했다. 그러니 누구도 이 지역에 대한 권리를 우리보다 더 가진 사람은 없다. 그들이 여기 오지 못하도록 막는 게, 그래서 영원히 쫓아버리는 게 우리의 임무다. 사실, 베두인들은 아무것도 경작하지 않고 없애기만 한다. 그들이 기르는 가축은 식물이란 식물은 눈에 보이는 족족 다 먹어 치워서 그나마 조금 남아 있는 초지도 점점 줄어들고 있다. 반대로, 우리는 이 넓은 지역을 지금처럼 황폐한 무인 지역으로 놔두지 않고, 꽃이 피고 사람이 살 수 있는 곳으로 만드는 일에 온 힘을 쏟을 것이다.

특히 이 지역에서 우리의 창조성과 혁신성이 시험대에 오를 것이다. 북부와 중부 지역에서 그랬듯 우리는 네게브 사막도 번성한 문명 지대로, 교육과 발전과 문화가 꽃피는 번창하는 중심지로 탈바꿈시키는 데 성공할 수 있다. 지금은 비록 온통 황무지로 보이지만, 우리가 나무를 심고 농업과 공업을 가능하게 한다면, 점차 사막의 크기가 줄고 이곳은 인간의 주거지가 될 것이다. 하지만 이 모든 일을 실현하려면, 우선 이 일대의 가장 포악하고 가장 파괴적인 적들을 무찌르고, 이곳을 최대한 잘 지켜내야 한다. 우리가 지금 여기 있는 것 자체가 이런 비전을 완수하기 위한 첫걸음인 것이다.

이 황량한 무인 지대에서, 우리는 남부의 생존을 위한 진짜 전투에 참가하고 있는 것이다. 따라서 우리는 군사적 임무만이 아니라 민족적 임무 또한 수행하고 있는 셈이다. 우리는 네게브를 결코 쓸모없는 사막으로, 즉 아랍인들과 그들의 짐승들이 버려두고 오용하는 한갓 먹잇감으로 놔두어서는 절대 안 된다.

그리고 이쯤에서 우리가 여기 도착했을 때 부서진 담벼락에서 발견한 글귀를 상기하자. '탱크가 아니라 인간이 승리하리라.'"

*

파티가 끝나감에 따라 탁자 위에는 거의 비어버린 접시와 컵들이 너저분하게 어질러졌지만, 병사들은 대화와 폭소를 즐기며 지난 며칠간 경험하지 못했던 활기찬 분위기를 이루고 있었다. 모든 사람들의 기분이 좋아 보이는 건 이곳에 도착한 이래 처음이었다. 술도 한몫했을 터였다. 술이 많지는 않았지만 그날 밤 모든 병사들이 조금씩 마실 만큼은 되었다.

아홉시 반경, 그는 다시 일어나 다들 조용히 하라고 말했다. 그의 두 눈은 충혈되었고 얼굴은 상기되어 있었다.

그는 그날 아침 진지로 끌고 온 소녀에 대해 언급하며 병사 몇이 그녀를 건드렸다고 말했다. 무거운 침묵이 흐르면서 방금 전까지 막사 안을 채웠던 유쾌한 분위기가 잦아들었다.

몇 분 동안 아무도 말을 하지 않았다. 긴장이 고조되고 있을 때 그가 다시 입을 열어 그들의 선택은 둘 중 하나라고 말했다. 소녀를 진지 식당에서 일하게 하든지, 아니면 한 사람도 빠짐없이 그녀를 가지고 놀든지.

병사들은 놀라서 잠시 멈칫했다. 몇몇은 다른 동료들의 눈치를 보았고, 다른 병사들은 혼란과 의혹에 차 눈길을 외면했다. 그가 무슨 의도로 그런 말을 하는지, 덫을 놓는 건지, 아니면 술에 취한 건지 감이 잡히지 않았다. 그러다가 점차 여기저기서 웅성웅성 목소리가 커지더니, 재빨리 후자를 선택하자는 요란한 집단적 요구가 형성되었다.

소녀를 누가 얼마 동안씩 차지할지 신나게 계획을 세우느라 요란한 소음이 한동안 천막 안을 채웠다. 첫날은 1분대의 병사들에게, 둘째 날은 2분대, 셋째 날은 3분대에 배당하고, 운전병과 의무병, 행정반, 취사병을 하사들과 분대장들, 병장들과 함께 별도의 그룹으로 만들자며 시끌벅적 떠들었다.

마침내 그가 크고 분명한 목소리로, 어떤 병사라도 소

녀에게 손을 댄다면 이것이 가만있지 않을 거라면서, 제 오른쪽에 놓인 총을 가리킨 뒤 자리에 앉았다.

*

저녁 식사 후 그는 곧장 두번째 오두막으로 가서, 보초병에게 소녀를 데리고 따라오라고 말했다. 이어 자기 숙소를 향했고, 보초병과 소녀가 그 뒤를 따랐으며, 개가 소녀의 뒤를 따랐다. 가는 도중 그가 진지 중앙의 임시 창고에 들르더니, 잠시 후 간이침대를 들고 나타났다. 보초병이 얼른 달려가 받았다.

숙소에 도착하자 그는 보초병으로부터 간이침대를 건네받아 안으로 들여놓았다. 소녀와 보초병은 밖에서 기다렸다. 잠시 후 랜턴 불빛이, 이어 방에서 가구를 옮길 때 나는 소음이 그들에게 가닿았다.

그가 곧 다시 나타나 보초병에게 소녀를 방 왼쪽에 놓은 침대로 데려다주라고 말했다. 보초병이 명령을 시행하는 동안 그는 현관에 서서 주변에서 짙어지고 있는 어둠을 지켜보았다. 개가 헐떡이는 소리가 어둠 속에 스며들었다. 무수한 별들이 청명한 밤하늘을 가로지르며 총총히 박혀 있었지만 전날 밤보다는 더 작아지고 덜 빛나는 것처럼 보였다. 문지방에 흩뿌려져 있던 모래 알갱이들이 오두막에서 흘러나오는 부드러운 랜턴 불빛에 반짝이는 모습과 비슷했다. 곧 보초병이 되돌아와 그의 뒤에 섰지만 그는 되돌아서지 않았다. 마침내 돌아섰을 때 보초병이 보이자 살짝 놀란 듯했다. 오두막을 떠나며 그는 보초병에게 문 옆자리를 지키라고, 아무도 오두막 안에 들여보내지 말라고 명령했다. 그리고 적어도 한 시간 안에는 돌아올 거라고 덧붙였다.

그는 천막들 쪽으로 이어지는 작은 모래 비탈을 내려갔다. 병사들이 소곤거리는 소리가 광활한 어둠 속에 묻히고 있었다. 모래가 평평해지자 그는 오른쪽으로 방향을 틀어 정문을 향했고, 곧 정문을 통과한 뒤 가까운 언덕들을 향해 계속 걸어갔다. 진지 주변을 빨리 한번 순찰하려는 거였다.

그는 일대를 둘러보고 나서 출발 지점으로 돌아온 뒤 진지를 등진 채 모래땅 위에 쪼그리고 앉아 짙은 어둠 속 사방에 펼쳐진 완벽한 정적 속의 낮은 언덕들을 마주했다. 지난 며칠 동안 먼 데서 들려오던 반복적인 소음은 사라졌다. 병사들의 잡담 소리 역시 이제 잦아들었다. 갑자기 어둠이 짙어졌고, 그는 퉁퉁 부은 두 눈을 진지 쪽으로 돌렸다. 좀 전까지 식당 천막에서 흘러나오던 불빛이 꺼졌다. 병사들이 잔치 뒷설거지를 방금 끝낸 것이다. 그가 일어서서 몸에 붙은 모래를 털어낸 뒤 진지를 향해 걸어 갔다.

보초병은 그의 숙소 문가에 앉아 있었다. 그가 떠났을 때 있던 바로 그 자리였다. 개는 머리를 앞발에 기댄 채 보초병 앞에 누워 있었다. 보초병에게서 별일 없음을 확인한 후, 그는 아침 여섯시 정각에 다시 오라며 보초병을 보냈다.

안으로 들어가려고 문을 열자, 경련이 그의 두 팔과 등을 휘감아 몸이 활처럼 구부러졌다. 그래도 방 안으로 들어가 침대를 들여놓을 공간을 내려고 벽 쪽으로 바짝 붙여놓았던 침대 앞에 가 섰다. 고요는 완벽했고, 강한 휘발유 냄새가 콧속에 확 끼쳐왔다. 잠시 후 고통스런 숨소리가 공간을 침투했고, 침대에서 바스락 소리도 들려왔다.

그는 잠시 가만히 서 있다가 탁자 위의 랜턴을 손으로 더듬어 켰다. 금방 방 안의 새 모습이 드러났다. 탁자와 의자가 옮겨지고 침대가 더 들어왔기 때문에 그것들의 그림자가 벽과 바닥을 가로지르며 새로운 모습을 그리고 있었다.

그는 방 안을 샅샅이 살펴보기 시작했다. 우선 자기 침대의 다리들, 그다음에 트렁크의 모서리, 잡동사니 가방과 다른 소지품들 뒤쪽, 문의 왼쪽 구석, 문, 간이침대의 다리들, 의자 다리들과 탁자, 이어 방의 다른 구석, 바닥과 벽들, 네 귀퉁이를 포함한 천장을. 천장 한쪽 구석에서 커다란 그림자와 함께 거미 한 마리가 보였다. 그는 의자를 끌어다 놓고 그 위에 올라서서 거미를 짓이긴 다음 내려와 의자를 도로 끌어다 놓은 뒤 그 위에 앉았다. 그리고 군화를 벗어 의자 밑에 놓고 일어서서 옷을 벗어 의자 등받이에 걸쳐놓았다. 이어 트렁크로 걸어가 연고 병과 새 붕대를 꺼내 침대로 가져간 뒤 침대 가장자리에 걸터앉아 허벅지의 붕대를 풀기 시작했다. 그러나 물린 데를 소독하고 연고를 바르기도 전에 온몸에 극심한 경련이 느껴져 동작을 멈췄다. 연고와 붕대를 침대 위 제 옆에 놓고 안간힘을 쓰며 얼굴을 찡그린 채 랜턴을 향해 걸어가 불을 껐다. 어둠이 다시 오두막을 엄습했다. 그는 침대로 돌아가 조심스레 드러누운 다음 몸을 쭉 펴고 잠이 들었다.

*

그는 숨을 헐떡거리며 깨어났다. 방 안이 극도로 더웠고 공기는 건조했다. 그래서 얼마간 가만히 누워 있었다. 작은 동작 하나도 다시 경련을 일으키고 심한 두통을 몰고 올 수 있었다. 눈을 감고 숨을 고르려고 애썼지만 곧 다시 숨이 막혀 왔다. 어두운 방 안은 소녀가 있는 쪽 구석에서 풍기는 톡 쏘는 냄새에 젖어 있었고, 그 냄새는 닫힌 문과 낮은 천장 때문에 더 고약했고, 질식할 듯했다. 그렇다고 냄새를 피해 숙소를 나설 순 없었다. 아침 여섯시까지는 소녀와 함께 있어야 했다. 하지만 아직 세시 반도 안 된 시간이었다. 그는 오른쪽으로 누웠다가 다시 왼쪽으로 누워 벽을 마주한 채 소녀와 등을 졌다. 다시금 낮과 어젯밤의 사건들이 떠올라 그를 괴롭히며 잠일랑 멀찌감치 몰아내버렸다. 그리고 그는 다시 눈을 떴다.

*

그가 깨어났다. 잠이 들었을 때 벽을 바라보던 자세 꼭 그대로였다. 그는 몸을 굴려 똑바로 드러누웠다. 두번째 침대가 놓인 구석에서 희미하게 부스럭거리는 소리가 났다. 소녀가 두 팔로 다리를 감싸고 있었다. 그는 천장을 쳐다보았다. 지붕의 틈새를 통해 창백한 빛이 들어왔다. 이제 새벽 네시가 지나 있었고, 소녀는 여전히 깨어 있었다. 그는 다시 벽 쪽으로 얼굴을 돌렸고, 새벽의 여명이 실내의 짙은 어둠과 더위를 부드럽게 누그러뜨렸다.

갑자기 어둠의 파도가 오두막을 가득 채웠다. 시간이 낮을 향해 앞으로 나아가는 대신 썰물처럼 물러나 밤이 되는 것 같았다. 그 어둠과 함께 한기가 파도처럼 덮치며 그는 허벅지 사이에 두 손을 넣고 벽을 향해 몸뚱이를 말 았다. 그리고 몸을 떨기 시작했다. 잠시 후 그는 샅에서 떨고 있던 두 손을 꺼내 배를 움켜쥐었다. 다시금 복통이 찾아왔던 것이다.

몸이 계속 심하게 떨리더니, 곧 휘청거리기 시작했다. 몸 아래의 침대 스프링이 끽끽거리기 시작했다. 갑자기 그가 떨리는 두 다리를 침대 밖 바닥으로 밀면서 가까스 로 일어섰다. 그의 침대는 다시 조용해졌다. 그는 그렇게 선 채 몸을 떨었다. 두 발이 계속 바닥의 냉기를 빨아들이 고 있는 동안 자신의 몸을 껴안으며 따뜻하게 하려고 기 를 썼다. 동트기 직전 가장 추운 시간이라 몸이 더 격렬히 떨렸다. 그러자 다시 소녀의 침대에서 움직이는 소리가 났다.

얼마 후 그가 소녀의 침대로 다가가자 침대에서 날카로 운 끼익 소리가 들려왔다. 그의 다리가 차가운 금속 모서 리에 닿았고, 그의 떨리는 숨소리가 소녀가 몸을 옹송그린 구석에서 나오는 긴장된 숨소리와 뒤섞였다. 그가 자신의 몸으로 침대를 누르려는 찰나, 소녀의 비명이 방 안을 채웠고, 즉시 밖에서 개 짖는 소리가 뒤따랐다. 그가 소녀를 덮치며, 그녀의 입을 막으려고 더듬댔는데, 그러자 소녀가 그의 손을 꽉 깨물었다. 그는 즉시 손을 빼내고, 다른 손으로 그녀의 머리끄덩이를 잡으려 했지만 휘발유 때문에 손가락 사이로 미끄러지며 잠시 그의 손아귀를 빠져나갔다. 그러나 그는 다시 왼손을 돌려 소녀의 목을 잡아채고, 오른손으로 주먹을 쥐어 소녀의 면상을 후려쳤다. 소녀는 움직임을 멈췄다. 그는 잠시 가만히 있다가 소녀 위로 몸을 굽혔다. 이어 자신의 떨리는 몸뚱이를 그녀 옆에 바짝 붙이고 등을 대고 누웠다. 쿵쿵대는 그의 심장박동이 그녀의 가슴에서 되울렸다.

밖에서는 계속 개가 짖었다. 그의 몸이 따뜻해지고 삑삑거리던 침대 소리가 곧 잦아들다가 완전히 사라졌다. 하지만 그의 가쁜 숨소리는 어둑한 방 안 공간에서 계속 메아리치고 있었다. 밖에서 교대로 들리던 개 짖는 소리는 절망적인 비명과 함께 사그라져 마침내 녀석이 힘없이 앞발을 끌고 문에서 멀어짐과 동시에 모래 속으로 가라앉았다. 그러자 완벽한 정적이 찾아왔다.

그는 눈을 감고, 왼손을 뻗어 물린 부위의 도드라진 부분을 손가락으로 더듬었다. 극도로 조심했기 때문에 거의 살갗을 건드리지 않았다. 이어 소녀가 동그랗게 문 자국이 생긴 오른손을 그녀의 다리 위로 떨구었다.

극심한 통증이 그의 몸에 몰아쳤고, 그의 몸이 다시 떨리기 시작했다. 그래서 그는 제 온 몸뚱이를 소녀의 몸뚱이에 대고 눌렀다. 왼손은 그녀의 배에 대고, 오른손은 그녀의 등 밑으로 밀어 넣었다. 그래도 계속 몸이 떨렸다. 그의 엉덩이로부터 몸뚱이를 거쳐 손목까지 간헐적으로 경련이 훑고 지나갔고, 그의 가슴이 그녀의 가슴에 닿자 심장이 걷잡을 수 없이 쿵쾅거렸다. 새벽의 부드러운 여명이 그녀의 굴곡을 드러내기 시작했다. 잠시 후 그는 왼손을 그녀의 배에서 들어 올리고, 제 몸뚱이 전체를 그녀의 왼쪽으로 옮겼다. 그런 다음 왼손을 그녀의 셔츠 속 오른쪽 젖가슴 위로 밀어 넣고 가슴 모양대로 감싸 쥐었다. 이어 그녀의 셔츠를 가슴 위까지 들추고 그녀 몸뚱이 위로 엎드렸다. 그녀의 몸뚱이 열기 덕분에 그의 몸에서 일어나던 경련의 파동이 서서히 사라졌다.

*

그가 오른손으로 그녀의 입을 막고 왼손으로 그녀의 오

른쪽 젖가슴을 움켜쥔 동안, 침대의 삐걱대는 소리가 새벽의 정적 위로 떠올라 점점 더 커지고 격렬해졌고, 개 짖는 소리가 다시 들려왔다.

마침내 삐걱대는 소리가 멈췄지만, 문밖에서 컹컹대는 소리는 오랫동안 계속되었다.

*

그가 눈을 떴을 때는 그의 오른손이 여전히 그녀의 입을 막고 있었고, 손가락들은 끈적거리는 그녀의 침으로 흠뻑 젖어 있었다. 한 반 시간쯤 잤을까, 그 이상은 아니었다. 그녀의 입을 막은 손가락들 사이로 순간적으로 미세한 경련이 스치고 지나갔다. 몸뚱이의 경련은 완전히 그쳐 있었다. 그는 같은 자세 그대로 꼼짝하지 않았고, 그녀는 그가 다시 까무룩 잠에 들기 전까지 그의 몸 아래에서 미동도 없이 누워 있었다.

그러나 그는 잠시 후 다시 깨어났다. 상반신을 조금 들고, 오른손을 그녀의 입술에서 떼어내 제 가슴으로 가져왔다. 아직도 그녀의 가슴 위까지 올려져 있던 셔츠에 달린 단추가 만든 자국이 느껴졌다. 그녀는 여전히 그의 몸 아래 조용히 있었고, 그의 왼손도 여전히 그녀의 오른쪽 젖가슴을 움켜쥐고 있었다. 그는 다시 오른손을 가져다 그녀의 입을 재차 틀어막았다. 침대가 삐꺽대기 시작하고, 밖에서 개가 짖자, 새벽의 시들한 빛이 방 안을 가로질러 그 차가운 가닥을 뻗어왔다.

*

고약한 냄새가 뒤섞인 악취가 실내의 공기를 습격해 그의 입과 코로 깊숙이 파고들었다. 소녀의 머리에서 휘발유 냄새가 풍겨 나왔고, 그것은 그의 위장 맨 밑바닥에서 솟아난 어딘가 달콤한 듯한 강한 신맛과 뒤섞였으며, 이어 화끈한 느낌이 목구멍 밑바닥을 날카롭게 훑는 듯한 매캐한 냄새가 뒤따랐다. 이런 냄새들을 압도하는 게 소녀의 의식 없는 얼굴에서 풍겨 나오는 차갑고 산패한 듯한 냄새였다. 이어 그의 목구멍 뒤쪽에서 쓴 물이 올라와 혀를 타고 넘었다. 그는 침대에서 뛰어내려, 의자에 걸친 셔츠와 바지를 잡아채 재빨리 입고 문틈으로 가느다란 빛줄기들이 스며들어 오고 있던 문 쪽으로 서둘러 갔다. 이어 문을 당겨 연 뒤, 문틀 너머로 머리를 내밀고 심호흡을 했다. 문이 열리자마자 개가 껑충 뛰어오르며 컹컹 짖어대기 시작하더니 모래 위를 빙빙 돌았는데, 그 소리 죽인

발걸음은 진지 위로 번지는 아침 햇살처럼 조용했다.

이제 새벽이 아침에 자리를 내주어 공기가 신선했다. 동쪽 하늘에서는 엷은 구름층이 아침 햇살을 지우며 뻗어 갔고, 그 파리한 빛 속에서 풍경은 거의 잿빛이었다. 그의 두 눈이 진지 위를 방황했다. 병사들이 여러 군데 초소를 지키고 있었다. 소녀를 지키라는 임무를 부여받았던 병사는 두번째 오두막 문 앞에 서 있었다. 그는 그 병사를 부르며 즉시 오라고 명령했다.

병사가 오자, 그는 안에 들어가서 소녀를 두번째 오두막으로 옮기라고 지시했고, 그녀에게서 악취가 난다고 덧붙였다. 잠시 후 금속제 침대 다리가 바닥을 긁는 소리가 났는데, 귀청이 터질 듯 새된 소리였다. 그 소리는 침대가 문 가까이 올수록 더 째지듯 했고, 그러다가 앞다리들이 모래에 닿고서야 수그러들어 곧 사라졌다.

보초병은 몇 발자국 못 가 네 다리가 자꾸 모래에 파묻히는 침대를 끄느라 낑낑댔고, 그 모습을 본 다른 병사가 도우려고 다가왔다. 침대를 들고 가는 그들의 뒤를 개가 따라갔다. 여전히 의식이 없는 채, 병사들이 움직이는 리듬에 따라 몸이 들썩거리던 소녀 옆에서 성큼성큼 따랐다.

그는 숙소로 돌아갔다. 공기는 여전히 악취를 풍겼고, 목구멍에서는 다시 욕지기가 치밀어 그는 얼른 몸을 돌려 밖으로 나왔다. 입구에 선 채 신선한 공기를 들이마시면서 침대를 옮기는 병사들과 그 뒤를 따르는 개를 눈으로 좇았다. 두번째 오두막에 도착한 그들은 침대를 문 앞에 내려놓았다. 보초병이 저수조로 걸어가서 수도꼭지를 틀었고, 물은 바로 밑에 놓인 양동이 속으로 쏟아졌다. 잠시 후 병사는 수도꼭지를 잠그고, 양동이를 두번째 오두막으로 가져갔다. 그리고 문 앞에 도착하자마자 소녀의 움직이지 않는 몸뚱이 위로 물을 부었다. 개 가까이로도 물이 조금 튀었는데, 그러자 개가 황급히 달아났다. 또 모래 위로도 얼마쯤 후드득 떨어졌는데, 모래는 여느 때와 마찬가지로 물이 흘러가도록 내버려두지 않고 게걸스럽게 물기를 빨아들였다. 엉긴 모래 위에 조금 남아 있던 물은 동편에서 부드러운 아침 햇살이 곧 사라질 옅은 구름층을 뚫고 비치기 시작하자 금세 없어졌다. 두 명의 병사는 침대를 두번째 오두막 속으로 끌어넣은 뒤 밖으로 나와 문을 잠갔다. 그도 자기 숙소로 다시 들어가 등 뒤로 문을 닫았다.

하지만 악취는 여전했고 그는 다시 문 쪽으로 가서 반쯤 문을 열고 부드러운 빛과 상쾌한 아침 공기를 불러들였다. 그리고 집기들을 원래의 자리로 재배치하기 시작했다. 얼굴을 찡그릴 만큼 끙끙대며 탁자와 의자를 방 한가운데로 옮겼다. 일을 마치자 물통 쪽으로 가서, 통 속 물을 반나마 대야에 따라서 탁자로 날랐다. 그런 다음 다시가서 수건과 비누를 꺼냈고, 탁자로 돌아가는 동안 비누를 코밑에 대고 냄새를 흠뻑 들이 맡았다. 이어 셔츠를 벗어 의자에 놓고 바지도 벗었는데, 그러다 갑자기 얼어붙은 듯 동작을 멈췄다. 허벅지의 부기가 터져, 이제 물린곳은 하얀색과 분홍색과 누런색 고름이 한데 섞인 썩은살의 작은 구덩이가 되어 있었고, 거기서 코를 찌르는 악취가 풍겨 나왔다.

*

그가 차 쪽으로 걸어갈 때, 해가 모래의 지평선으로부터 멀어짐에 따라 더 짙푸른 색으로 바뀌던 하늘을 작고검은 새 한 마리가 가로지르며 줄을 그었다. 차에 도착한그는 운전석에 올라타서 시동을 걸고 네게브 사막의 북서쪽을 향해 출발했다.

*

아직 한낮이 오지 않았지만, 오래지 않아 더위가 엄습

해 순찰을 중단해야 했다. 해가 하늘 한복판을 향한 행진을 계속함에 따라 햇살은 더 강렬하게 언덕들에 내리쏘였고 열기 때문에 공기가 텁텁해졌다.

차의 엔진을 끄자 정적이 언덕 위로 올라왔다. 휘발유의 역한 냄새가 공기 속에 번지며 목구멍에서 다시 구역질이 치밀었다. 그는 차에서 내려 서쪽을 향해 모래땅 위를 걸어가기 시작했다. 뒤에서는 해가 그의 등을 공격했고, 앞에선 지평선이 신기루 아래 불안하게 떨리고 있었다.

계속 걸어가다 보니 멀리 황량한 언덕들 사이에서 마른 풀밭이 나타났다. 그는 잠시 멈췄다가 그쪽을 향해 가기 시작했다. 그의 앞에서 까만 점들이 소용돌이쳤다. 그 점들은 이제 더 이상 그의 시야를 떠나지 않았다. 그가 마른 풀밭 속으로 발을 내딛자, 공중을 감싸고 있던 무거운 침묵이 사라졌고, 그의 다리를 스치며 군홧발 아래 부서지는 마른 풀 소리가 그것을 대체했다. 그는 두 눈으로 풀밭을 이룬 식물들 속을 뒤지며 걸었는데, 가장 큰 풀들은 엄청나게 큰 구근들로부터 솟아났다는 것을 알 수 있었다.

그는 마른 풀밭을 마주한 나지막한 언덕의 경사면에 털썩 주저앉아서, 사방에서 에워싸고 있는 능선들을 바라보고, 이어 그 능선들의 북동쪽 끝에 세워둔 차를 바라보았다. 다시 차에서 눈길을 거둬 제 오른쪽 모래땅에 난 구멍을 보았다. 엄청난 개미 떼가 분주히 오가고 있었고, 그들의 빠른 움직임을 통해 모래 알갱이들이 새로운 꼴로 바뀌고 있었다. 그는 마른 풀밭과 제 앞으로 뻗어나간 황색 모래밭을 돌아보았다. 갑자기 뜨거운 열기가 그를 덮쳐서, 그의 몸뚱이를 통해 불꽃처럼 확 번지며 그가 모래 위로 자빠졌다. 그는 머리를 오른손 손바닥 위에 괴고, 왼손은 모자로 뻗어 이마 위로 내려썼다. 그러는 동안 왼손에 배어 있던 휘발유 냄새가 코를 찔러와 고개를 돌려 냄새를 피했다. 그의 코는 이제 모래를 향했고, 모래 표면에 머물러 있던 공기를 들이마시자, 마른 냄새가 흐릿하게 콧속을 채웠다.

*

그는 차로 돌아와 운전석에 앉아, 사구에 반사되는 햇살이 지친 그의 얼굴을 태우는 가운데서도, 무거운 두 눈을 사구에 적응시켰다. 이어 시동을 걸고 오른발로 가속 페달을 밟았지만 차는 움직이지 않았다. 바퀴들이 모래 속에서 겉돌았다. 그는 발을 페달에서 떼고, 몇 차례 심호흡을 한 다음 다시 페달을 밟았다. 차는 앞으로 휘청하더니 남동쪽으로 나아갔다.

진지로 돌아오자 정문에 있던 개가 사납게 짖으며 그를 맞이했다. 그가 차에서 내리자, 몇 명의 병사가 두번째 오두막에서 나와 각기 다른 방향으로 움직였고 이어 다른 병사 한 명이 오두막에서 나오면서 황급히 바지 단추를 채우며 문을 닫았다. 보초병은 보이지 않았다.

그는 오두막으로 걸어가며, 소녀를 지키라는 책임을 지웠던 병사의 이름을 소리쳐 불렀다. 오두막에 이르자 보초병의 대답이 그의 뒤쪽에서 들려왔는데, 바로 그 순간 문이 열리고 소녀가 비명을 지르며 울면서 나타났다. 그는 이제 몇 발짝 떨어진 곳에 서 있던 보초병에게 그녀를 오두막 안에 도로 넣으라고 명령했다. 보초병이 그녀에게 달려가 열린 문 쪽으로 잡아끌기 시작했지만, 소녀는 저항하면서 장교 쪽으로 얼굴을 돌렸다. 그는 그녀의 뒤쪽 공기에서 풍겨 나오는 휘발유 냄새를 피하려고 그녀를 외면했다. 소녀는 오두막 안으로 끌려들어 간 뒤에도 계속 흐느끼며 비명을 질렀다. 보초병이 문을 닫고 나타나자, 장교는 그를 노려보며 제자리를 떠나지 말라고 명령을 내린 뒤 자기 숙소로 걸어갔다.

그러는 동안, 소녀의 통곡은 들릴락 말락 한 울음소리로 잦아들었다. 덩달아 개 짖는 소리도 차츰 진정되었다.

*

숙소로 들어가자 여전히 공기 중에 떠 있던 악취가 즉시 그의 코를 찔러왔다. 그는 문을 열어놓고, 못에 걸린 수건을 내려 툭툭 흔들어 간밤에 두번째 침대가 있던 쪽 방구석에 고여 있던 공기를 문 쪽으로 몰아 밖으로 내보내려 애쓰기 시작했다. 계속 그렇게 부채질을 해서 냄새를 내보내려 하던 중 수건이 손에서 떨어졌다. 그는 바닥에서 수건을 집어 의자 등받이에 걸쳐놓고, 선 자리에서 두 눈으로 방 안을 샅샅이 훑기 시작했다. 잠시 후 의자를 끌어당겨 앉았지만, 다시 벌떡 일어나서 소지품이 있던 구석으로 향했다. 그리고 물통에서 약간의 물을 대야에 따라 붓고, 셔츠를 벗은 뒤 군화와 양말, 그리고 바지도 벗었다. 바지에는 몇 개의 가시와 마른 풀이 달라붙어 있었다. 그는 수건을 대야에 담근 뒤 비누를 칠하고, 얼굴과 목을 문질러 닦았다. 그런 다음 물에 헹궈서, 다시 비누칠을 해 가슴과 두 팔을 닦았다. 다시 물에 헹궈서 비누칠을 한 뒤 이번에는 겨드랑이를 닦았다. 또다시 수건을 헹군 뒤 이번에는 비누칠을 더 많이 해서 다리를 훔쳤다. 허벅지의 붕대는 풀지 않았다. 온몸을 다 닦은 뒤 그는 수건을 다시 한번 헹궈서 원래 자리에 걸었다.

벗어놓았던 옷가지들을 다시 입었다. 땀 냄새가 희미하게 배어 있긴 해도 여전히 상쾌한 냄새를 풍겼다. 그는 대야를 밖으로 가져가 물을 모래 위에 붓고 도로 안에 가져다 놓은 다음 두번째 오두막으로 향했다.

보초병과 개가 문가에 앉아 있었는데, 그가 다가가자 개가 일어서서 짖기 시작하고 보초병도 벌떡 일어섰다. 그는 개를 바라본 다음 보초병을 향해 부관과 운전병에게 즉시 긴급임무 수행을 준비하라고 전하고, 자신이 차에서 그들을 기다릴 터이니 삽을 찾아서 그리로 가져오라고 명령했다.

보초병이 그의 명령을 수행하러 떠나자, 그는 문가에 선 채 개를 노려봤다. 개는 짖기를 멈추고, 머리를 돌려 진지를 둘러보고 있었다. 잠시 후 지휘소에서 약간의 소음이 흘러나왔다. 그가 그쪽으로 고개를 돌렸다. 그의 부관과 운전병이 막사에서 나왔고, 보초병이 뒤따랐다. 보초병은 지휘소 근처의 임시 창고로 가고, 앞의 두 병사는 차를 향했다.

*

장교가 소녀를 데리고 앞장서 차로 가자 부관과 운전병

이 차 옆에서 기다리고 있었다. 개가 소녀의 뒤를 따랐고, 보초병은 삽을 들고 다른 방향에서 그들을 향해 다가왔다.

그새 몇 명의 병사가 막사 그늘 속 자신들이 앉아 있던 자리에서 일어나 눈앞에서 벌어지고 있는 광경을 지켜봤다. 정적이 진지에 스며들었고, 하늘에 떠오른 아침 해의 열기가 그것을 짓누르고 있는데, 한 병사가 떠나려는 차 옆에 서 있던 일행을 향해 전날 소녀에게 입으라고 준 자기 반바지를 돌려달라고 외쳐 그 정적을 깨뜨렸다.

마침내 차가 출발하고, 개가 짖으며 차를 쫓아 달리면서 그들을 따라잡으려고 헛수고를 하고 있었다. 결국 차가 사구들 사이로 사라졌고, 그러자 요란한 엔진 소리가 그치고 개 짖는 소리만 남았다.

진지에서 그리 멀리 떨어지지 않은 곳에서 그가 휘발유가 충분치 않다고 말하며 운전병에게 차를 세우라고 명령했다. 엔진이 멈추자, 장교가 제일 먼저 내리고 다른 병사들이 뒤따랐다. 그는 보초병에게 다른 장소하고 하등 다를 바 없어 보이는 한 곳을 가리키면서, 그 지점에 가로 0.5미터 세로 2미터짜리 구덩이를 파라고 명령했다. 겨우 몇 분 만에 삽날이 그가 가리킨 곳으로 들어갔다. 삽날은 조용히 모래를 가르고 가능한 한 많이 떠서, 보초병의 팔과 삽자루가 미치는 한 가장 멀리 모래를 내던졌다.

구덩이 파기는 거의 완벽한 침묵 속에서 계속되었다. 들리는 거라곤 삽을 들어 올려 모래를 내던질 때 긁히는 소리뿐이었다. 진지에 남은 병사들이 내는 소리는 몇 개의 언덕을 넘느라고 선명성을 잃고 희미한 중얼거림이 되어 있었다. 갑자기 날카로운 비명이 공기를 찢었다. 소녀가 도망가면서 울부짖고 있었다. 그러다 모래 위로 쓰러지고, 이어 오른쪽 관자놀이에서 총성이 들렸다. 그리고 다시 침묵이 드리웠다.

그녀의 머리에서 모래 위로 피가 쏟아졌다. 오후의 햇살이 모래 색깔과 한가지인 그녀의 벗은 엉덩이에 모이는 동안 모래는 쉬지 않고 그녀의 피를 빨아들였다.

그는 구덩이를 파고 있던 보초병과 그 곁에 서 있던 부관과 운전병을 뒤로하고 차로 돌아갔다. 잠시 후 운전병이 돌아왔을 때, 그는 몸을 떨고 있었다. 운전병은 소녀가 죽지 않은 것 같다고, 그냥 놔두고 갈 수는 없다고, 확인 사살을 하는 게 좋겠다고 말했다. 그는 창자가 끊어질 듯한 통증에 마비된 채 계속 몸을 떨었다. 그러다 마침내 입을 움직여, 그렇게 실행하라는 명령을 부관에게 전하라고 운전병에게 말했다. 잠시 후 여섯 발의 총성이 허공에 울려 퍼졌고, 다시 침묵이 찾아왔다. 1949년 8월 13일 아침이었다.

*

　사구들이 갈라지고, 진지가 다시 한번 나타나고, 개가
그들을 향해 달려오며 사납게 짖어댔다. 차가 섰을 때 개
도 멈춰 섰지만 짖기를 그치지는 않았다.

　그들은 차에서 내렸다. 부관과 운전병과 보초병은 병사
막사로, 그는 자신의 오두막으로 향했다. 개가 그를 따라
오며 계속 으르렁거렸다. 그가 몇 걸음 가다가 돌아서서
개를 걷어찼다. 개가 비명을 지르며 달아났고, 그는 계속
자기 숙소 쪽으로 걸어갔다. 안으로 들어서자 악취의 흔
적을 동반한 극심한 열기가 훅 끼쳐왔다.

　그는 소지품이 있던 구석으로 가서, 비누를 집어 들어
손가락 사이에서 잘게 으깬 다음 두번째 침대가 놓여 있
던 자리 위로 흩뿌렸다. 이어 구석으로 돌아가 물통을 집
어 들어 마지막 한 방울까지 대야에 부은 뒤 탁자로 가져
갔다. 이제 트렁크로 가서 새 비누를 꺼냈다. 다시 탁자로
돌아와 두 손으로 물을 떠서 얼마간 얼굴에 끼얹었다. 그
런 다음 새 비누를 젖은 두 손 사이에서 문질러 모서리를
부드럽게 만들었다. 손에 쥔 비누 거품으로 얼굴을 문지
르고, 물로 잘 헹궜다. 곧 어떤 망연함이 그의 몸에 엄습
하기 시작했다. 그는 얼굴과 손을 천천히 닦은 다음 침대

로 가 누웠다. 오른손을 가장자리에 걸치자 방 안을 무겁게 짓누르고 있던 열기와 무관하게 침대 밑에 숨어 있던 미묘한 냉기가 손가락에 잡혔다.

깜빡 졸고 있는데 천장을 가물가물 쳐다보던 그의 두 눈에 제 가슴 위에서 뭔가가 움직이는 게 보였다. 그가 펄쩍 뛰며 그것을 털어냈지만 그건 셔츠에 붙어 있는 단추였다. 그가 숨을 쉴 때 움직인 것뿐이다. 다시 천장을 응시하며 구석구석을 샅샅이 살폈는데, 바닥을 살살 기어가는 소리가 그의 오른쪽 귀를 스쳤다.

침대 밖으로 뻗쳐 있던 그의 오른손으로 개가 다가와 코를 킁킁거리기 시작했다. 갑자기 그가 손으로 개의 턱을 죄었다. 개가 끙끙댐에 따라 그의 손바닥이 진동했고, 그의 손아귀에서 벗어나려고 애쓰는 개가 바닥을 발톱으로 긁는 소리가 방 안을 채웠다. 개는 계속 안간힘을 썼다. 안간힘을 쓰면 쓸수록 바닥을 헛디디며 긁어댔고, 낑낑거리는 소리가 점점 더 떨렸으며, 침대가 삐걱거리는 소리도 더 날카로워졌다. 마침내 그가 손의 힘을 빼자 개가 재빨리 방 안을 가로질러 달아나면서, 크고 절망적인 소리로 짖어댔다.

그의 오른손은 침대 가장자리에 그대로 걸쳐 있었고, 왼손은 가슴에 놓여 있는데, 여전히 희미한 휘발유 냄새를 풍기고 있었다.

2부

나는 창문 위에 커튼 달기를 마치고 침대 위에 누웠다. 눕는 순간 건너편 언덕에서 개 한 마리가 쉬지 않고 컹컹 짖어대기 시작했다. 자정을 넘긴 시간이었는데, 기진맥진 했음에도 잠이 안 왔다. 집을 정리하고 청소를 하며 하루를 보낸 뒤였다. 가구와 마루를 닦고 침대보와 수건을 빨고 접시도 거의 다 다시 닦았다. 사실 내가 그렇게 철저하게 닦기 전에도 그 집은 이미 깨끗했다. 집주인이 특별히 도우미 아줌마를 써서 대청소를 했다고 말했다. 나는 며칠 전 새 직장에서 일을 시작했고, 그 직후 이 집에 세들어 살기 시작했다. 집은 괜찮은 편이었고, 직장도 나쁘지 않았으며, 동료들도 괜찮았다. 하지만 그 모든 상황에도 불구하고 난 그날 밤 그 개의 끈질긴 짖어댐이 내 안에

야기한 불안과 공포를 극복할 수 없었다. 그래도 다음 날 아침엔 아주 만족해서 깨어날 것 같았다. 무엇보다도 집이 그렇게 깨끗해졌고, 또 아마도 창문에 커튼도 달았으니까. 난 그 집에서 가장 큰 창문 옆에 탁자를 놓았고, 매일 아침 그 앞에 앉아서 커피를 마신 뒤 직장에 갈 것이며, 그러는 동안 이웃과 그들의 세 자식들이 그 앞을 지나면서 내게 손을 흔들 것이었다. 그리고 이 모든 것은 내가 남들의 시선이 닿지 않는 뒷마당을 내려다보며 평화로운 삶을 살 것이라는 뜻이었다. 이곳에서는 사물들 사이에 많은 경계선이 강요되고 있으며, 모든 사람들은 그것에 주의를 기울이며 잘 헤쳐나가야 하고, 그래야만 위험한 결과를 피할 수 있고, 모든 상황에도 불구하고 평상심을 유지할 수 있을 것이다. 그래도 경계선을 훌륭하게 헤아리며 다니는 사람들은 별로 없고, 나도 그런 사람은 못 된다. 난 경계선이 보이기만 하면 그것을 향해 곧장 달려가서 한달음에 뛰어넘거나, 아니면 슬쩍 넘어버린다. 둘 중 어느 행동도 의식적인 결정의 결과나 경계선에 저항하고 싶어 벼르던 욕망의 결과가 아니라 순수한 서투름의 귀결이다. 그리고 난 일단 경계선을 넘고 난 뒤에는 깊은 불안감의 늪에 빠져든다. 간단히 말해, 진짜로 그건 서투름의 문제인 것이다. 난 마침내 내가 경계선을 다루는 일에 실패하는 게 당연하다는 것을 깨달았고, 그래서 가능한 한 집이라는 한정된 공간 안에 머물기로 결심했다. 그리고 이 집에 창문이 많아서 이웃들이나 그들의 자녀들이 나를, 내가 집 안에서마저 경계선을 침범하는 모습을 볼 수 있기 때문에 커튼을 달았다. 물론 난 때때로 커튼 치는 일을 잊어버릴 수도 있다. 어쨌든 내가 집에 있을 때는 항상 혼자일 것이기 때문에 난 다른 곳이 아닌 내 탁자 앞에 앉아 있을 것이고, 그러니까 바깥세상 사람들은 내 그런 모습만 보게 될 것이다. 내 그런 모습이 한결같을 테니까 만일 그런 내 모습이 안 보인다면 이웃집의 가운데 아들은 내가 매일 아침 탁자 앞에서 '일하는' 모습이 보고 싶다고 말할 것이다. 그렇게 말하는 건 사실 내가 매일 아침 창가에 오래 앉아 있는 이유를 '일' 때문이라고 다른 사람들에게 설명해서다. 그런데 난 내 새 직장에 가기 전에 보통 '일'을 하며, 내 직장은 내겐 언제나 '새' 직장일 것이다. '새 직장'이 그냥 '직장'이 되는 시점이 언제인지 내가 모르기 때문이다. 난 종종 밤늦게까지 일을 하며 경비원보다 더 늦게까지 일을 하는 경우도 종종 있다. 건너편 언덕의 개 때문에 동틀 때까지도 잠들지 못하고, 그 바람에 늦잠을 자서 직장에 늦게 출근을 하고, 일도 늦게 시작하기 때문이다. 그리고 이런 일이 없더라도 난 아침에 내 탁자 앞에 앉아 '일'을 하며 오전 내내 집에 머문다. 하지만 무슨 일을 한다는 거지?

크게 봐서, 난 이 모든 얘기가 과장처럼 들릴지도 모른 다는 걸 안다. 하지만 이건 내가 앞서 언급한 내 문제 때 문에 일어나는 일이다. 즉, 내가 경계선—합리적인 것도 포함해서—을 잘 알아보지 못하는 바람에 대부분의 사람 들보다 어떤 경계선을 과대평가하거나 과소평가함으로써 일어나는 일인 것이다. 예를 들어, 군 정찰대가 내가 직장 에 가려고 탄 미니버스를 세운 뒤 문을 통해 총신부터 들 이댄다면 나는 나에게 말을 걸거나 신분증을 보이라고 말 하는 병사에게 아마도 공포심 때문이겠지만 총신을 좀 치 워달라고 더듬더듬 요구할 것이다. 그러면 병사는 내 더 듬거리는 말투를 흉내 내며 비웃고, 주변의 승객들조차 뭘 그렇게까지 하냐며 툴툴댄다. 굳이 그렇게 긴장할 필 요는 없다는 거다. 그 병사가 우리에게 총을 쏘려는 건 아 니며, 설령 쏘려 할 경우라고 해도, 내가 그런 말을 한다 고 상황이 바뀌지는 않을 테고 오히려 역효과만 날 거라 는 거다. 그렇다. 그건 다 맞는 말이다. 하지만 난 그 순간 이 아니라 몇 시간, 몇 날, 혹은 심지어 몇 년이 지난 뒤에 야 그걸 깨닫는다. 그건 단지 한 예일 뿐이다. 하지만 동 일한 행태가 다양한 다른 상황에서도 관찰된다. 검문소에서 보안검색을 할 때 옷을 벗는 일에서부터, 공식적으로 문이 닫힌 금요일 라말라의 채소시장에 앉아 있는 채소 행상에게 시들고 썩어가는 상추의 가격을 물어 보통 상추 가격의 세 배를 요구받는 경우까지. 그러면, 내게 상황을 이성적으로 판단하는 능력이 부족하기 때문에 그런 상황들이 내게 가져오는 파장은 심각하다. 그런 일들이 일어나면 나는 심하게 동요하고 불안해지면서 더 이상 허용되는 건 뭐고 아닌 건 뭔지를 판단할 수 없게 되고, 그럼 다시 그전보다 더 심하게 경계선을 침범하게 된다. 그렇긴 해도 그 모든 공포와 불안감, 심리적 동요도 그런 위반 행위가 나 혼자만의 경계 안에서 일어나면 사라진다. 더욱이 혼자 있으면 경계선을 침범하는 일이 얼마나 쉬운지. 아침에 혼자 탁자 앞에 앉은 내가 바로 그 자리에서 우연히 발견하게 된 주제에 대해 '일'을 하다 보면 말이다.

아무튼 내가 병사를 상대할 때 있었던 일이나 검문소에 대해 언급했을 때 독자들을 당황시키지 않았기를, 혹은 내가 지금 여기 점령하에 살고 있다는 사실을 드러낼 때 독자들이 당황하지 않기를 바란다. 총성과 군용차량의 사이렌, 때로는 헬리콥터와 전투기와 포격의 소리, 이어지는 구급차의 소리. 뉴스 속보가 그 소리들을 뒤따를 뿐 아니라, 그 소리들은 개 짖는 소리와 큰 소리 내기 경쟁을 하고 있기도 하다. 그리고 이런 상황이 어찌나 오래 지속되었는지 오늘날 이 모든 것 이전의 삶이 어땠는지 사소한 것이라도 기억하는 사람은 별로 남아 있지 않다. 예를 들어, 문 닫은 채소시장의 썩은 상추 같은 사소한 것 말이다. 그러므로 내가 어느 날 아침 신문을 읽다가 마주친 기사에서 발견한 한 사건이 내 마음속에서 계속 떠나지 않은 이유는 당연히도, 그 기사에서 주요하게 다루는 내용과는 전혀 무관한 것이었다. 특별할 것이 없는 일이었다. 아니, 그런 상황에서는 일어나는 게 당연한 일이라고 해도 무방했다. 사실, 그런 일은 워낙 자주 일어나서 전에는 그런 일에 대해 들어도 아무런 감흥도 일어나지 않았다. 예를 들어, 난 비가 오던 어느 날 아침엔 늦게 일어났고, 그래서 커다란 창문 옆 탁자 앞의 자리에서 '일'을 하지 않고, 대신 곧장 새 직장으로 갔다. 내 목적지에 도착해서 시계탑 못 미쳐 미니버스에서 내렸는데 거리에 사람도 차도 없었고, 알-반디 채소가게 앞에 선 군용차만 보였다. 하지만 그건 별로 특별할 게 없는 일이었기 때문에 난 내 새 직장을 향해 가던 길을 계속 갔다. 그러다가 사무실로 가는 길의 꼭대기에 도착했을 때 처음으로 행인과 마주쳤고, 그가 그 지역에 통금이 발효되었으며 군대가 근처 빌딩을 포위하고 있다고 알려줬다. 이것도 특별할

게 없었기 때문에 난 그냥 갈 길을 계속 갔다. 그러다 바로 거기, 길 한가운데, 내 사무실이 있는 건물의 정문 앞에 두 명의 병사가 서 있는 게 얼핏 보였다. 마침내 난 이 상황에서는 침착하게 행동해야 한다는 사실을 깨닫고 그들을 향해 손을 흔들며 분명하고 자신에 찬 목소리로 내가 그들이 지키고 있는 건물 안에서 일한다고 말했다. 그러자 그들 중 하나가 오른쪽 무릎을 땅에 대고 왼쪽 팔꿈치를 다른 무릎에 받친 채 나를 향해 총구를 겨누었다. 난 즉시 가시아카시아 나무를 향해 뛰어갔고, 총알을 피하려고 가시 돋친 가지들 뒤로 숨었는데, 결국 총알이 나를 향해 오진 않았다. 그런데 그 병사의 행동, 즉 총을 내게 겨눈 행동은 인간적이라고 묘사할 순 없겠지만, 내게 그의 의사를 이해시키는 데는 충분했다. 즉, 난 새 직장에 가기 위해 다른 길을 찾아야 했다. 그 순간까지는 내가 집으로 돌아가야만 할지도 모를 특별한 상황이라는 생각은 전혀 들지 않았었다. 이제 상황을 파악한 나는 집들과 건물들을 나누고 있는 벽들과 경계선들을 뛰어넘었다. 이런 상황에서는 경계선을 넘는 게 충분히 정당화된다고 믿는다. 그렇지 않은가? 그렇게 해서 난 내가 일하는 건물의 뒤쪽으로 도착했다. 그리고 그날 아침에 사무실에 도착한 동료는 오직 세 명뿐이었으므로 난 다른 사람들의 방

해를 받지 않고 내 일에 집중할 수 있었다. 그러던 중 동료 하나가 내 사무실로 와서 내게 묻지도 않고 창문을 열었는데, 내가 항의를 하니까 그래야 한다고, 안 그러면 유리가 깨진다고 말했다. 이웃 건물에서 청년 셋이 바리케이드를 치고 저항하고 있어서 그 건물에 폭격을 할 예정이라고 군대에서 그 지역의 주민들에게 알렸다는 것이다. 몇 분 후 바로 그런 일이 일어났다. 내 동료가 잊어버리고 열지 않은 창문이 하나 있었는데, 근처 건물에 폭탄이 떨어지는 순간 유리가 산산조각이 났다. 그럼에도 불구하고 그가 내 사무실 창문을 연 결과는 견디기 힘든 것이었다. 폭격이 건물을 뒤흔든 이후 두터운 먼지구름이 훅 끼쳐 들어왔고, 일부는 내 서류와 심지어 펜을 들고 있던 내 손 위로 쏟아져서 난 일을 멈춰야 했다. 난 먼지를 절대로 못 참는 성격인데, 특히나 종이끼리 마찰을 일으키거나 그 위에 펜으로 글을 쓸 때 소름 끼치는 소리를 내는 굵은 모래 알갱이 먼지는 더 그렇다. 그래서 난 내 사무실에서 마지막 한 톨의 먼지까지 다 없앤 뒤에야 다시 서류로 돌아갈 수 있었다. 이 지점에서 혹자는 내 일이 삶을 파괴하려고 함에도 난 삶에 집착하거나 그것을 사랑한다고, 아니면 이 지상에 삶에 값하는 무엇이 있다고 강하게 믿는다고, 그래서 내가 내 일에 헌신하고 있다고 생각할지도 모르겠다. 글쎄, 다른 사람에 대해서는 딱히 뭐라 말할 수 없지만, 적어도 내 경우는 단지 내게 삶을 합리적으로 평가할 능력이 없으며, 무엇을 하고 하지 말아야 할지 판단할 능력이 없기 때문에 그러는 것일 뿐이다. 끔찍한 결과를 걱정하지 않고 내가 할 수 있는 건 그저 사무실에서 일하거나 우리 집 커다란 창가의 탁자에 앉아 있는 일뿐이다. 그러다 우연히 어떤 기사를 읽게 됐는데 난 거기 실린 사건의 날짜와 관련된 사소한 한 가지 사실에 특별한 주목을 하게 되었다. 그 사건이 일어난 날 아침으로부터 정확히 사반세기 후 같은 날 아침에 내가 태어났던 것이다. 물론 이걸 순전한 나르시시즘이라고 볼 수도 있겠다. 내 주의를 끌고 내 관심을 지속시킨 부분은 비극적이라 묘사될 만한 그 사건의 주요 내용에 비하면 아주 사소한 것이었으니까. 하지만 이런 유의 나르시시즘은 누구에게나 있을 수 있다. 자아의 독특함에 대한 믿음과 자신의 삶을 높이 평가하는 것은 누구에게나 공통적인 경향이니까. 우리가 삶을 사랑하고 삶과 관련된 모든 것을 사랑할 수밖에 없는 것은 그 때문이다. 하지만 난 개인으로서의 내 삶도 일반적인 삶도 사랑하지도 않으며 현재로선 내가 기울이는 어떤 노력도 오로지 생존을 위한 것이다. 그러니까 나르시시즘이라는 말은 내 경우에 딱 들어맞는 진단은 아닌 것 같다. 그보다는 사물과 사물 사이의 경계를 파악하고 합리적, 논리적으로 상황을 평가하는 능력이 내게 결여되어 있다는 점과 더 관련된 게 아닐까 싶다. 난 그림을 볼 때 그림보다도 그 위에서 똥을 싸고 있는 파리를 보는 사람이니까. 그리고 얼핏 보면, 예컨대, 새 직장에서 제 사무실 옆 건물이 폭격을 당했을 때, 그 건물 안에서 바리케이드를 치고 있던 청년 셋이 살해됐다는 사실보다도 폭격 때문에 자기 책상에 떨어진 먼지에 더 신경을 쓰는 이 같은 성향을 비웃을 수는 있다. 하지만 그럼에도 불구하고 책상 위의 먼지나 명화 위의 파리똥같이 사소한 것들에 집중하는 시각을 진실에 도달하는 유일한 방법이자 진실의 존재에 대한 확실한 증거라고 보는 사람들도 있다. 미술사가들 중에도 그런 주장을 하는 사람들이 있다. 좋다. 엄밀히 말해 그들이 문자 그대로 명화 위의 파리똥을 보라고 주장하는 것은 아니다. 하지만, 예컨대, 어떤 그림이 원본인지 모사본인지를 판단하려면 가장 사소한 것에 초점을 맞추라고 하는 것은 사실이다. 그들에 따르면, 미술품 위조범들은 그림을 모사할 때 중심인물의 동그란 얼굴이나 몸의 자세 같은 주요한 점에는 주의를 기울이고, 그것들을 정확히 재현한다. 하지만 귓불이나 손톱, 발톱 같은 사소한 것에는 별 주의를 기울이지 않으며, 그래서 결과적으로 원화의 완벽한 모사에 실패한다는 것이다. 더욱이, 같은 원칙에 따라, 어떤 옛날이야기에서 예시되듯, 남들이 모두 중요하지 않다고 생각하는 여러 가지 사소한 것들에 주목한다면 한 번도 본 적이 없는 사건이나 일화 같은 것을 재현하는 것도 가능하다고 주장하는 사람들도 있다. 그 옛날이야기에서는 삼 형제가 낙타를 잃은 한 사내를 만나는데, 그를 만나자마자 그가 잃은 낙타의 모습이 이러저러하냐고 그 낙타의 모습을 정확히 묘사하기 시작했다고 한다. 그 낙타가 하얀색이고 눈 하나가 멀었으며, 안장 위에는 가죽 주머니 두 개를 싣고 있는데, 주머니 하나에는 기름이, 다른 하나에는 술이 가득 차 있지 않느냐는 것이었다. 낙타를 잃은 사내는 그 삼 형제가 자기 낙타를 본 게 틀림없다고 외쳤지만, 그들은 아니라고, 그런 적 없다고 대답한다. 사내는 그들의 말을 믿지 않고, 그들이 자기 낙타를 훔쳤다고 고발한다. 그래서 그 네 사람이 함께 재판정에 가게 되었는데, 거기서 삼 형제는 자신들이 어떻게 한 번도 본 적이 없는 낙타의 모습을 정확히 묘사할 수 있었는지를 판사에게 설명함으로써 본인들의 무죄를 증명했다. 즉, 그들은 모래에 난 삐뚤빼뚤한 낙타 발자국이라든가 낙타가 절룩거리며 가느라 흘린 기름과 포도주 방울들, 그리고 낙타가 흘린 털 등 가장 사소하고 단순한 것들을 관찰했던 것이다. 그 기사에 다루어진 사건으로 말하자면, 내 흥미를 돋운 사소한 부분이 그 사건이 일어난 날짜였다는 건 아마도 그 사건의 주요 부분이 점령의 함성과 지속적인 살해가 지배적인 곳에서 일상적으로 일어나는 일들과 비교했을 때 정말로 딱히 특별할 게 없었던 탓일 것 같다. 옆 건물에 대한 폭격은 일례에 불과하다. 강간조차도. 그건 전시뿐 아니라 평상시에도 일상적으로 일어나는 일이다. 강간이든 살해든, 아니면 둘 다든. 그래서 난 그런 사건에 대해 지금까지 한 번도 관심을 가진 적이 없다. 그 기사에 나오는, 다수의 사람의 살해도 포함해서 말이다. 그들 중 오직 한 명의 살해에 관련된 지엽적인 사실만이 나를 계속 괴롭힌다. 어떤 의미로는, 집단 강간의 최종 행동으로 일어난 그 살해의 특이점은 그것이 특히 사반세기 이후 내가 태어난 날 아침에 일어났다는 사실 외엔 없다. 따라서 그 두 일 사이의 연결 가능성, 혹은 숨겨진 연결고리의 존재를 배제할 순 없다. 예를 들어, 잔디 한 포기를 뿌리째 뽑은 뒤 사람들이 그걸 완전히 제거했다고 생각하고 있는데, 정확히 똑같은 종의 잔디가 사반세기 후에 같은 자리에서 자란다면 우리는 그 잔디에 대해서도 비슷한 생각을 할 수 있을 것이다. 하지만 동시에 내가 그 사건이 일어난 날짜라는 사소한 점 때문에 그 사건에 관심을 갖는다면, 그건 내가 또다시 불가피하게 경계선을 넘을 것이라는 신호이기도 하다. 그래서 난 그 사건에 대해 알고 난 후 매일같이 그런 사건은 아주 잊어버리라고, 절대 무모한 짓을 하지 말라고 스스로에게 다짐한다. 그 사건이 일어난 날짜는 순전한 우연일 뿐이다. 더욱이, 현재가 과거만큼 끔찍하거나 더 심하다면, 과거를 잊는 건 때때로 불가피한 일이다. 그러니까 개 짖는 소리에 이어 강풍의 흐느낌 소리가 들려오고, 그 때문에 내가 깨어난 어느 날 새벽까지는 그렇다. 내가 창문들을 다 닫아야지, 하며 서두르는데, 내 큰 창문에 가보니 바람이 무자비하게 풀과 나무를 잡아당기고 가지들을 사방으로 흔드는 모습이 보인다. 이파리들이 떨면서 앞뒤로 뒤틀리며 사납게 뒤흔드는 바람에 가지들이 부러질 것 같다. 그런데 나무들은 전혀 저항하지 않는다. 자신들의 연약함에 순응하여, 바람이 개가 황급히 짖는 소리를 사방으로 나르며 자신들의 잎을 괴롭히고 잎과 잎, 가지와 가지 사이를 통과하는 그 사태를 방치하고 있다. 그런데 또 생각해보자. 병사들의 무리가 소녀 하나를 사로잡아서 사반세기 후 내가 태어난 날과 같은 날 강간하고 죽인다. 다른 사람들이라면 별것 아니라고 생각할 이 사소한 사건이 내가 아무리 잊으려고 노력해도 끊임없이 나를 괴롭힌다.

그리고 내가 창밖 나무들에 못지않게 연약하다는 사실을 고려한다면, 그 일의 진실성은 내가 아무리 잊으려고 노력해도 끝내 나에 대한 추적을 멈추지 않을 것이다. 그리고 사실 총체적인 진실에 도달하려면 이 사소한 단서보다 더 중요한 건 없을지도 모른다. 그 기사는 그 소녀의 이야기를 안 다루었기 때문에 총체적인 진실에 도달하지 못한 것일지도 모른다.

개 짖는 소리는 한낮이 될 때까지 계속 공중에 떠 있다. 내가 새 직장에 출근해야 할 시간이 올 때까지 바람은 때로 그것을 더 가까이 실어 오기도 하고 때로 더 멀리 실어 가기도 한다. 하지만 난 출근을 위해 외출하기 전에 그 기사를 쓴 이스라엘 기자에게 전화를 해서 자신감에 넘치는 사람처럼 행동한다. 말을 더듬거리지 않으려고 최선을 다하면서 팔레스타인인 연구자라고 나를 소개하고 전화한 이유를 설명한다. 그는 내 소개에도 설명에도 흥분하지 않는다. 나는 그가 그 사건에 대해 가진 자료들을 보여 줄 수 있느냐고 묻는다. 그는 자기가 가진 건 다 그 기사에 적혀 있다고 말한다. 난 그렇다 해도 직접 보고 싶다고 하고, 그는 정 그렇다면 직접 가서 찾아보라고 한다.

어디서? 내가 묻는다. 그 시기의 이스라엘군과 시온주의 운동과 그 사건 발생 지역을 전문으로 한 박물관과 기록보관소. 구체적으로 어딘지? 그는 더 이상 짜증을 참을 수 없다는 듯한 목소리로 텔아비브와 북서 네게브에 있다고 말한다. 이어 난 팔레스타인인도 그 박물관과 기록보관소에 들어갈 수 있냐고 물어본다. 그는 그러지 못할 이유가 어디 있냐며 전화를 끊는다. 사실 나도 그 이유를 알지 못하지만, 내 신분증에는 문제의 소지가 있다. 그 사건의 발생 장소, 그리고 관련 서류가 있는 박물관과 기록보관소는 이스라엘 군사 분할 구획에 따르면 C구역 밖, 아니 거기서 꽤 먼 곳, 이집트와의 경계에서 그리 멀지 않은 곳에 있는데, 내가 A구역민임을 보여주는 내 초록색 신분증을 가지고 내가 감행한 가장 먼 여행은 우리 집에서 내 새 직장까지다. 하지만 법적으로는 정치적이거나 군사적인 예외 상황만 아니라면 누구나 A구역에서 B구역까지 갈 수 있다. 그런데 이 예외 상황이라는 것이 워낙 자주 발생해서 요새는 그게 정상이고, A구역의 많은 사람들은 B구역에 가는 걸 꿈도 꾸지 못한다. 난 최근 몇 년간 A구역과 B구역의 경계에 있는 칼란디야 검문소까지도 가본 적이 없다. 그러니 어떻게 D구역에 더 가까운 곳으로 간다는 걸 감히 상상이라도 해볼 수 있을 것인가? B구역민조차도 그런 생각은 못 할 것이고, 아마 자기 구역 밖에서 아랍어를 한마디라도 했다가는 존재만으로도 안전에 대한 위협이 될 예루살렘 거주민을 포함해 C구역민들도 마찬가지일 것이다. C구역민들은 물론 A구역에 있는 것이 허용되며, 그 점은 A구역을 자주 방문하며 때로는 이제 감옥이라 해도 무방한 그 구역으로 이사를 하기도 하는 B구역민들도 마찬가지다. 예를 들어, 내 새 직장에는 나 같은 A구역민들 외에 다른 구역민인 동료들도 많은데, 그들은 꽤 마음이 좋기도 하다. 하루는 내가 직장에서 그들 중 한 사람, C구역의 예루살렘에 사는 동료에게 내가 개인적인 일 때문에 그녀의 구역에, 혹은 그보다 좀 더 멀리 가야 된다고 말한다. A구역민이 개인적인 일 때문에 C구역에 가는 건 드문 일이 아니다. C구역민이 개인적인 일 때문에 A구역에 가는 일이 드물지 않은 것처럼. 내 말을 들은 동료는 우리는 결국 다 형제자매들이고 적어도 검문소의 병사들에게는 다 비슷비슷하게 보이니 자신의 파란색 신분증을 내게 빌려주겠다고 말한다. 더욱이 병사들이 여자들은 자세히 보지도 않으니 나와 그녀의 신분증 사진이 다르다는 걸 결코 알아채지 못할 것이다. 워낙 경멸의 대상이라 검문소에 서 있는 사람들을 제대로 쳐다보지도 않는다. 뿐만 아니라 신분증에 있는 사진과 실물은 아주 다르게 보이는 게 보통이다. 대부분 막 열여섯이 되었을 때 찍은 사진이니까. 틀림없다. 그렇다. 난 그녀의 신분증을 이

용해 볼일을 보고 다음 주초에 출근해서 돌려주면 된다. 서두를 필요도 없다. 그녀는 라말라에서 친구들하고 주말을 보낼 예정이니까. 물론 발각이 된다면 내가 그녀의 가방에서 훔쳤다고 말해서 그녀에게 피해가 가지 않도록 해야 한다. 어쨌든 조심해서 다니고 무모한 행동은 하면 안 된다. 물론이다. 난 최선을 다할 것이다. 그렇게 해서, 주중의 마지막 날 오후 난 그녀의 사무실에 들러 신분증을 빌리고 노란색 번호판이 붙은 차를 빌리기 위해 렌터카 회사로 향한다. C구역 밖으로 여행을 하려면 노란색 번호판이 필요하기 때문이다. 하지만 계약서에 서명을 하려고 보니 신용카드가 필요한데 난 신용카드가 없다. 난 같은 동료에게 더 부담을 주기 싫어 새 직장의 다른 동료에게 전화를 해 도움을 청한다. 그는 당장 렌터카 회사로 와서 자기 신용카드로 차를 빌려주고 렌터카 회사 직원이 알려준 대로 나를 추가 운전자로 올린다. 그런 뒤 난 차 열쇠를 받는다. 정말이지, 내 동료들은 참으로 좋은 사람들이다. 그리고 이제 그 사건의 진실 전모를 밝히려는 내 임무의 착수를 방해할 것은 아무것도 없다. 다만 방금 빌린 소형 흰색 차의 핸들을 잡고 시동을 걸자마자 거미 같은 것이 내 주변에서 줄을 치기 시작해, 장애물 같은 것을 만들어 나를 옥죄어온다. 그 장애물은 너무나 연약하기 때문에 넘기가 불가능하다. 그건 장애물에 대한 공포에서 생긴 공포라는 장애물이다. 검문소라는 장애물. 오늘, 토요일이 칼란디야 검문소 통과에서 최악의 날이라는 말을 종종 들어왔다. 예루살렘 사람들이 모두 신선한 야채를 사거나 개인적인 일을 보기 위해 라말라로 오는 것도 문제지만, 병사들 역시 자신들이 쉬어야 할 주말인 토요일, 하느님도 쉬셨던 그날 검문소를 통과함으로써 자신들을 쉬지 못하게 하는 모든 사람들에 대해 앙심을 품고 있다. 어쨌든 이스라엘 박물관과 기록보관소도 모두 같은 이유로 문을 닫았고, 그러니까 어쨌든 난 당장 그 조사에 착수할 수 없다. 적어도 오늘은 안 된다. 그래서 나는 소형 흰색 차를 몰고 우리 집으로 간다. 집에 가면 내 계획을 재고할 수 있고, 위험한 결과가 불가피할지 모르는 그 무모한 생각을 실천에 옮기는 일을 드디어 포기하고, 내가 본 기사의 기자처럼 범죄를 저지른 병사들에게만 의존하지 않고, 내가 그 소녀가 경험한 강간과 살해에 대한 다른 어떤 사실이라도 찾아낼 수 있다는 신념을 떨칠 수 있을지도 모른다. 이런 유형의 임무는 완전히 내 능력 범위 밖이다. 그리고 그 소녀가 사반세기 이후 내가 태어난 날과 같은 날에 살해되었다는 사실은 어떻게 보더라도 그녀의 죽음이 내게 속한다거나 그것이 내 삶으로 연장되어야 한다거나, 그래서 그녀의 이야기를 다시 말하는 것이 내 의무라거나 하는 것을 의미하는 것은 아니다. 사실, 내 더듬거리는 말솜씨 때문에라도 나는 그런 일을 할 수 없다. 요컨대 내가 그 소녀에 대해 책임감을 느낄 이유는 전혀 없으며, 그녀는 아무 인물도 아니고 아무도 그 목소리에 귀를 안 기울일 별 볼 일 없는 사람으로 영원히 남겨질 것이다. 그리고 다시 말하지만, 우리는 지금 세상의 비참함을 다루는 것만으로도 벅차다. 과거로 돌아가서 더 많은 비참함을 들춰낼 필요는 없다. 그냥 그 사건 전체를 잊는 게 좋다. 하지만, 그럼에도, 어둠이 집의 구석구석까지 스며들자마자 개 짖는 소리가 되돌아와 나를 괴롭히고, 동이 틀 때까지 내게서 잠을 빼앗는다. 난 동 틀 무렵에야 비로소 잠이 들었다가 느지막이 일어나서 재빨리 커피를 마시고 집에 있던 지도를 모두 움켜쥐고 집을 나선다. 뒷마당 끝에서 소형 흰색 차가 나를 기다리고 있는데, 앞 창문이 햇빛에 흠뻑 젖어 있다. 차 문을 열고 타자 오랫동안 느껴보지 못한 부드러운 따스함이 나를 감싸며 잠 못 이루며 공포에 떨던 나를 위무한다. 난 시동을 걸고 입구로 가서 적절한 순간에 거리로 돌아 들어가려고 차를 멈추는데, 우회전 신호가 똑딱거리는 소리가 쿵쾅거리는 내 심장 소리에 스며든다. 그래, 우회전이다. 난 여러 해 동안 우회전을 해본 적이 없다. 그쪽으로는 걸어서라도 가지 않았다. 가면서 보니 길 양편의 지형지물들이 여러 해 전 그곳을 지나갔을 때 그대로다. 쿠퍼 아캅의 밀 방앗간, 그 건너편 세미라미스의 아부 이아샤 푸줏간, 그리고 먼지를 뒤집어 쓴 사이프러스 가로수들이 진지 입구 건너편에 있는 칼란디야 직업훈련소 빌딩을 가리고 있다. 하지만 변한 것들도 많고, 그래서 풍경이 낯설다. 또한 이제 그 길에는 과속방지턱과 움푹 파인 곳들이 전보다 훨씬 더 많아서 나도 앞차가 하는 모습 그대로 최대한 그것들을 피해 간다. 뒤차들도 내 차와 똑같이 하는 가운데 칼란디야 진지 입구를 조금 지나, 검문소 통과를 위해 줄지어 늘어선 차들의 맨 끝에 선다. 그리고 앞쪽 검문소의 모습이 가져다줄 공포심을 피하려고 즉시 눈을 들어 백미러를 본다. 내 차는 더 이상 줄지어 늘어선 차들의 맨 끝에 있지 않다. 이제 적어도 일곱 대의 차가 내 뒤에 있어서 내가 마음을 바꿀 여지는 남아 있지 않다. 심호흡을 하고 길 왼편을 바라보니, 타이어 가게가 눈에 띈다. 그리고 오른편에는 커다란 쓰레기장이 있다. 그 쓰레기장은 전에 못 보던 곳이고, 그 뒤 장벽도 마찬가지다. 과거에는 가시철망을 꼭대기에 올려놓은 철조망 울타리가 있어서 칼란디야 공항의 활주로가 지평선 너머로 펼쳐진 광경을 볼 수 있었다. 이제,

지평선으로 뻗은 것은 장벽이며, 그 장벽은 함무라비 법전의 인용과 요리용 가스용기 판매상의 전화번호, 그리고 뱅크시의 그림 등 온갖 낙서로 뒤덮여 있다. 전에도 신문이나 잡지에서 낙서 앞에 유명한 사람이 서서 찍은 사진을 가끔 본 적이 있지만, 진짜 낙서를 본 것은 이번이 처음이다. 차의 행렬이 이 미터 정도 전진하는 동안 나는 빈틈이라곤 거의 남아 있지 않은 그 장벽에 쓰인 구호와 그림을 다 보았고, 내게 필요하지 않은 물건들을 팔려고 애쓰는 많은 아이들을 물리쳤다. 마지막 아이는 헝클어진 머리, 갈색 얼굴에 콧물을 흘리고 있는 꼬마 여자애인데, 껌을 팔고 있다. 내가 가방을 열어 화장지를 꺼내 코를 닦으라고 건네주니, 아이는 즉시 그것을 내 손에서 낚아챈 뒤 시야에서 사라진다. 그런 뒤 공포가 나를 사로잡기도 전에 다시 아이들 몇 명이 나타나 이번에는 내게 화장지를 팔려고 한다. 나는 그들을 무시하기 위해서 오른쪽 풍경을 바라본다. 무엇보다도 다채로운 색깔이 끝없이 펼쳐지고 있는 새 쓰레기장을 본다. 확실히 이 쓰레기장에는 구해서 재활용할 수 있는 것이 별로 없다. 사람들의 집 발코니나 계단에서 빈 음식 깡통들이 다양한 식물을 키우고 있고, 끓는 물을 담고 스토브 위에 있는 통도 있고, 찬물을 담아 냉장고 선반에 늘어서 있다가 이 강한 열기 속에서 사람들의 갈증을 식혀주기도 하는 빈 병들과 비교해 볼 때, 이것들이야말로 쓰레기의 정수다. 먹다 남은 음식은 저녁때 닭이나 소 앞에 놓이고, 그다음엔 그들을 지키는 개에게 주어지며, 마지막으로 고양이들이 다 먹어 치운다. 신문지는 탁자나 마루를 덮어 음식 그릇에서 쏟아질지도 모르는 음식물로부터 그것들의 표면을 보호하는 부가적인 역할을 수행한 뒤 기름병과 올리브절임이나 다른 비슷한 저장 음식들과 더불어 가능한 한 많은 양의 감자나 양파, 마늘을 보관하는 데에도 쓰이지 않는 종이 상자와 함께 결국 난로의 불에 삼켜질 것이다. 마지막으로, 비닐봉지가 온갖 것들을 담는 의무를 여러 차례 수행한 다음 결국 쓰레기를 품고 이곳에 버려진다. 겨우 두 대의 차가 통과한 후 아까 그 여자애가 돌아왔고, 그 애는 자신의 부재 동안 내 차 옆에 붙은 다른 애들을 쫓아낸 뒤 나를 쓰레기장에 대한 명상에서 끌어낸다. 그리고 코를 닦으려고 사라지기 전에 본인이 하던 일을 재개해서 내게 껌을 사라고 조른다. 난 그 애의 얼굴을 찬찬히 바라보고, 이어 바짝 마른 몸을 뜯어보다가 아이가 작은 바지 주머니 속에 쑤셔 넣은 화장지 끝에 눈이 간다. 그 애도 깨끗한 데가 안 남을 때까지 그 화장지를 반복해서 사용할 작정인 듯하다. 나는 아이의 얼굴로 눈을 들어 다시 한번 아까 했던 말을 반복한다. 난 껌을 안 좋아한다고. 하지만 그 아이에게는 내 말이 먼지나 마찬가지인 듯, 계속 자기한테서 껌을 사라고 조른다. 조금 후 나는 고집이라면 내가 너보다 더 세다고, 아무리 졸라도 껌을 사지 않을 거라고 말하지만, 내 말은 아무런 효과도 내지 않고, 아이는 계속 껌을 사라고 조르면서 시선을 내 가방에서 옷으로, 그리고 차의 내부로 옮긴다. 마침내 나는 아이에게 검문소에서 껌을 팔 일이 아니라 학교에 있어야 한다고 말한다. 아이가 지금은 여름방학이라고 대답할 때에야 난 그 아이가 귀를 먹거나 머리가 둔한 애는 아니라고 확신한다. 맞다, 내가 잊었다. 그러자 아이는 다시 껌을 사라고 조른다. 나는 아이의 학교 성적이 어떠냐고 묻는다. 아이는 신이 나서 제가 공부를 잘한다고 말한 뒤 다시 껌을 사라고 조른다. 난 껌을 팔아서 어디에 쓰느냐고, 예를 들어서 부모님께 돈을 드리는 거냐고 묻고, 아이는 아니라고, 자기가 쓴다고 말한다. 난 그 돈을 어디다 쓰려고 하느냐고 묻는다. 아이는 축제 때 자신을 위한 선물을 살 거라고 말한 뒤 다시 껌을 팔아달라고 조른다. 나는 가방에서 지갑을 찾아 동전 몇 개를 꺼내주면서 껌은 필요 없다고 말한다. 아이는 돈을 받고 껌 두 통을 운전석 옆자리 내 가방 옆으로 던지고 달아난다. 그리고 그때에야 나는 내 차가 검문소 아주 가까이에 와 있다는 사실을 깨닫는다. 다른 사람의 서류를 검사하는 병사가 보이자, 갑자기 가슴에 통증이 느껴지고 온몸이 마비되는 느낌이 든다. 공포의 거미가 내 피부 위로 돌아와 스멀스멀 기어 다니며 서서히 나를 마비시키고 있다. 내 눈은 그 여자애의 모습을 간절히 바라며 주변을 살핀다. 아이가 되돌아와 함께 있어주면 내 온몸을 관통하는 공포가 누그러질지도 모른다고 생각하지만 아이는 사라지고 없다. 그래서 대신 나는 검문소를 도보로 통과하려고 기다리는 사람들에게 시선을 고정시킨 채 심호흡을 하며, 그들이 회전식 문의 좁은 금속 가로대 뒤를 지나가는 모습을 지켜본다. 그들은 새 직장의 마음 좋은 동료에게서 신분증을 빌릴 필요 없이 아무 때나 한 구역에서 다른 구역으로 가는 것을 허락받는다. 그러다가 난 하품을 한다. 간밤에 거의 잠을 못 잤기 때문에 기진맥진한 것이다. 나는 또한 내가 한 이 무모한 행동과, 그리고 내가 제 발로 공포와 불안과 흥분의 상태로 걸어 들어갔다는 사실에 대해 무척 지쳐 있다. 만일 여기서 들키지 않는다면, 들키는 것이 가져올 어마어마한 모든 결과를 상상하지 않기 위해서라도, 난 검문소를 통과하자마자 곧장 집으로 돌아가야겠다. 그것이야말로 내가 지금 처한 상황을 끝장내는 유일한 방법이다. 이렇게 다짐을 한 뒤 난 다시 하품을 한다. 그리고 이렇게 하품을 하는 도중에 병사 하나가 차로 다가온다. 나는 그를 향해 파란색 신분증을 내밀며 그렇게 하고 있는 내 손을 본다. 껌 두 통은 여전히 던져진 그대로 옆 좌석에 놓여 있다. '머스트'라는 상표의, 알-칼릴에 있는 시노크롯사 제품이다. 난 고개를 돌려 아무것도 보지 않은 채 앞만 똑바로 응시한다. 그러자 병사가 나를 깨우려는 듯 차의 지붕을 두드린다. 난 정신을 차린다. 그는 신분증을 돌려주고 가라고 명령한다. 나는 움직인다. 앞으로. 더 앞으로. 그리고 더 앞으로. 내가 바로 차를 돌린다면 검문소의 병사와 다른 모든 보안대원들의 주목을 끌까 봐 두렵기 때문이다. 하지만 검문소 너머의 길은 장벽에 의해 막혀 있고, 왼쪽 길도 마찬가지다. 내 유일한 선택은 우회전이며, 오른쪽에는 좁은 길이 멀리까지 뻗어 있는데, 이전에 한 번도 가본 적이 없는 길이고, 가도 좋을지 확신할 수도 없는 길이지만 난 계속 그리로 차를 몬다. 그 길의 오른쪽으로 평행선을 그리며 칼란디야 공항 활주로가 나 있고, 왼쪽은 공터인데 좁은 길이 이리저리 뻗어 있지만, 나는 감히 그중 어느 길로도 가지 못한다. 그리고 검문소가 다시 눈앞에 나타나자 다른 길로 안 갔다는 사실을 재빨리 후회한다. 아이고! 공포가 되돌아와 내 가슴을 짓누르고, 나는 자고 싶은 욕구에 강하게 사로잡힌다. 그리고 검문소에 다가가며 속도를 줄이자마자 입을 있는 대로 벌리며 크게 하품을 한다. 그래서 재빨리 손으로 입을 가리는데, 병사가 멈추지 말라는 손짓을 하고, 나는 계속 가다가 히브리어와 아랍어와 영어가 쓰인 표지판 몇 개가 있는 교차로에 도착한다. 왼쪽을 가리키고 있는 표지판에는 '예루살렘(알-쿠즈)'이라고, 오른쪽을 가리키는 것에는 '텔아비브-야포'라고 쓰여 있다. 나는 우회전을 하고 백 미터 정도 더 간 뒤에 길옆에 차를 세우고 한숨을 돌린다. 몸이 떨린다. 진정하려고 노력해보지만 소용이 없다. 공포가 내 몸의 구석구석에 자리를 잡으며 온몸에서 무게가 느껴지지 않는다. 참으로 딱한지고. 난 내가 지금 어디 있는지도 모르며, 여기 오래 머무를 수도 없다. 오래 있으면 의심을 사기 시작할 것이다. 나는 가방에 넣었던 지도들을 서둘러 꺼내서 운전석 옆자리와 핸들 위로 펼친다. 그중에는 네 구역과 장벽의 위치, 정착지들의 건설, 그리고 웨스트뱅크와 가자의 검문소를 보여주고 있는, 정치연구센터에서 나온 지도들도 있다. 1948년까지의 팔레스타인을 보여주는 지도도 있고, 이스라엘 관광국에서 만들고 렌터카 회사에서 준 지도에서는 이스라엘 정부가 지정한 거리와 주거지역들을 볼 수 있다. 나는 떨리는 손가락으로 지도를 더듬으며 내 현재 위치를 알아보려고 한다. 아직 많이 오지는 않았다.

그럼에도 불구하고 돌아간다는 것은 이제 어불성설이다.

나는 심호흡을 한다. 그렇다. 경계선을 모두 넘어온 지금 돌아갈 순 없다. 군사적 경계선, 지리적 경계선, 물리적 경계선, 심리적 경계선, 정신적 경계선. 나는 다시 이스라엘 지도를 보며 내가 의도한 첫 목적지를 찾는다. 그것은 중간 크기의 검은 점인데, 내가 지금 있는 곳에서 그리 멀지 않다. 그 위에 작지만 굵은 글씨체 영어로 '자파(Jaffa)'라고 적혀 있다. 그곳에는 군사박물관과 기록보관소가 몇 군데 있으며, 내가 본 기사를 쓴 기자가 말해준 것처럼, 거기 가면 그 사건에 대해 기본적인 정보를 얻을 수 있을 것이다. 나는 내가 가진 다양한 지도에 의존해 그곳에 가는 최선의 경로를 생각해보기 시작한다. 원칙적으로 두 지점 간의 최단 거리는 직선이지만, 실제로는 그런 길을 그려볼 수 없다. 길이 곧바르지 않아서가 아니라 몇몇 지도에서 확인할 수 있듯이, 야파(Yafa)로 가는 최단 경로에는 검문소가 적어도 두 군데 있기 때문이다. 그리고 내가 가진 지도도 안 가진 지도도 임시검문소의 위치를 알려줄 수는 없고, 장벽의 건설이 진행 중이기 때문에 계속 나타나는 도로 폐쇄에 대해서도 알려줄 수 없다.

사실, 지난 몇 년간 최단 경로의 일부인 그 길에 대해 누가 언급하는 걸 들은 적이 없다. 가령 그 길에서 교통사고를 목격했다든가, 거리 행상에게서 채소 한 상자를 샀다든가 하는. 우연히 언급을 안 한 것은 아닐 것이다. 그보다는 아무도 더 이상 그 길을 다닐 수 없다고 봐야 옳을 것 같다. 그러니까 위험을 최소화하면서 내 계획을 계속 실행에 옮기려면 이스라엘인들이 해안 지역으로 갈 때 타는 긴 고속도로로 가는 것이 최선일 것이다. 나는 시동을 걸고 천천히, 침착하게, 그리고 조심스럽게 다시 길로 들어선다. 오른쪽으로 몇 미터 앞에는 한때 베이투니아를 지나 라말라로 데려다주었던 길이 있고, 그 길은 내가 야파나 가자로 가기 위해 몇십 번이나 탔던 길이다. 이제 그 길은 막혀 있다. 아예 길 자체를 폐쇄했고 오른쪽으로 팔 미터 높이의 콘크리트 판들이 서 있는데, 장벽을 세우는 데 쓰는 것과 정확히 똑같은 것이다. 칼란디야 검문소 주변에서 본 것과 똑같은데, 여기서는 성곽 같은 모습을 이루고 있다. '오퍼 감옥'이라는 표지판이 길에 서 있다. 이 감옥에 대해 최근에 많이 듣긴 했지만 실물을 본 건 이번이 처음이다. 2002년 봄 일련의 침략 기간에 지어진 것이라 비교적 새것이다. 그해에 십육 세에서 오십 세까지의 사람은 누구나 광장으로 모아다가 이리로 데려왔다. 그들 중에 내 새 직장의 동료로 아주 마음 좋은 사람인데 원래 라파 출신인 사람도 하나 있었다. 한번은 사무실에서 그가 자신이 체포되었던 여러 달 동안 아스팔트 바닥에서 잘 때 자신의 코를 찌르던 새로 부은 아스팔트 냄새를 회상한 적이 있다. 감옥의 다른 편에는 사이프러스 나무들 뒤로 군사기지가 숨겨져 있다. 과거에는 어마어마하게 큰 비행기 격납고 안에 숨겨진 탱크들과 군용차량들을 먼지 덮인 사이프러스 나무의 몸통과 가지와 가시들 사이로 볼 수 있었다. 교차로가 나오자 나는 443번 도로로 차를 돌려 예루살렘 방향을 향한다. 다음에는 50번 고속도로로 우회전을 해야 하고 그다음엔 1번 고속도로로 다시 우회전을 해서 야파를 향해 가야 한다. 나는 정신을 바짝 차리고 계속 443번 도로로 가다가 그리 멀리 가지 않아 또 다른 검문소를 마주치고, 그러자 다시 내 심장박동 소리가 머릿속에서 메아리친다. 찢어진 거미줄 비슷한 것도 내 눈앞에서 춤을 춘다. 내가 검문소로 다가간다. 그 앞을 통과해야 한다. 주변에 줄지어 있던 병사들은 아마도 나를 포함해 그 누구도 세울 의사가 없는 것 같다. 난 속도를 너무 늦추지 말아야 한다. 나의 통과를 믿어야 한다. 그리고 통과한다. 하지만 검문소를 벗어나자 내 자신감은 완전히 사라지고 나는 더 이상 내가 어디 있는지

감이 잡히지 않는다. 그리고 원래 생각했던 것처럼 이미 통과했던 길에 다시 온 것은 아닌지 모르겠다. 몇 년 전까지 익숙하게 다니던 길은 좁고 꼬불꼬불했는데, 이 길은 꽤 넓은 직선이다. 오 미터 높이의 장벽들이 길 양쪽으로 세워져 있었고, 그 뒤로는 이전에는 존재하지 않았거나 거의 보이지 않던 정착지에 새 건물들이 여럿 옹기종기 서 있다. 전에 있던 팔레스타인인 마을은 대부분 사라지고 없다. 나는 눈을 크게 뜨고, 그 지역을 둘러본다. 언덕 위의 바위처럼 멋대로 흩어진 채, 커브길이 많아서 속도를 늦춰야 하는 미로 같은 좁은 길들로 연결되어 있던 그 마을들과 집들이 흔적이나마 남겨놓았나 살펴보지만 아무런 소득도 없다. 전에 보이던 것들은 전혀 남아 있지 않다. 더 운전해 가면 갈수록 난 내 위치를 분간하지 못하는데, 그러다 왼쪽으로 흙더미와 몇 개의 커다란 콘크리트 블록으로 막힌 길이 다시 나타난다. 전에는 그 길로 가면 알-지브 마을을 만났다. 그곳을 보고서야 난 내가 있는 곳이 과거에 내가 수십 차례 운전해 오가던 길임을 깨닫는다. 나는 길이 교차하는 곳에 차를 세운 뒤, 차에서 내려 길을 가로막고 있는 흙더미와 콘크리트를 향해 다가간다. 확인해보니 그게 분명히 거기 있고 움직일 수 없다는 것, 내 차도 다른 어떤 차도 그 주위로 돌아갈 수도 없다는 것이 분명하다. 알-지브를 향한 길, 왼쪽으로 한 번, 오른쪽으로 한 번 꺾으며 올리브나무가 여기저기 서 있는 언덕과 고요에 싸인 작은 마을들을 지나 베이트 익사로 가는 그 예쁘장한 길 말이다. 나는 차로 돌아가 이스라엘 지도를 펼치고 이스라엘인들이 해안으로 가기 위해 보통 타는 도로를 다시 살펴본다. 그러니까, 난 50번 고속도로를 타고 골짜기 아래로 내려간 다음 우회전을 해서 1번 고속도로를 타야 하고, 그다음엔 좌회전도 우회전도 하지말고 오랫동안 계속 그 길을 달려가야 한다. 나는 1번 고속도로 주변 지역을 살펴본다. 지도에 따르면 그곳은 무엇보다도 정착지들이 두드러진 곳이다. 팔레스타인 마을이 분명한 곳은 아부 고시와 에인 라파 두 곳뿐이다. 다시 1948년까지의 팔레스타인을 보여주는 지도를 펼치니 팔레스타인 마을 이름들이 여기저기서 수없이 보인다. 1948년에 주민들이 추방당하고 마을이 파괴당한 곳들이다. 그것들 중에는 내 동료나 지인들의 고향 이름들도 있다. 리프타라든가 알-카스탈, 에인 카렘, 알-말라, 알-주라, 아부 슈샤, 시리스, 이나바, 짐주, 다이르 타리프 등. 하지만 대부분의 이름은 낯설다. 소원한 느낌을 줄 정도다. 키르바트 알-아무르, 비르 마인, 알-부르지, 키르바트 알-브와이라, 베이트 샤나, 살비트, 알-쿠바바, 알-카니사, 카

루바, 키르바트 자카리야, 바리이야, 다이르 아부 살라마, 알–나아니, 진다스, 하다싸, 아부 알–파들, 키슬라 등등 많다. 나는 이스라엘 지도를 다시 본다. 이제 그 모든 마을이 있던 지역에 캐나다 공원이라는 이름의 아주 큰 공원이 펼쳐져 있다. 나는 지도를 접고 시동을 건 뒤 50번 고속도로를 향해 출발해서 아무런 장애물도 만나지 않고 아주 긴 고속도로로 들어선다. 그리고 그 고속도로를 좀 달린 후 예루살렘의 언덕들을 내려간 뒤 도로표지판에 따르면 벤 셰멘이라고 불리는 교차로를 향해 간다. 그 교차로의 원래 이름은 1948년의 지도에 보이지만 지금은 사라진 가까운 마을 이름을 딴 베이트 수신이었을 것이다. 지금 남아 있는 것이라곤 왼쪽으로 얼핏 보이는 단 한 채의 파괴되지 않은 집으로 사이프러스 나무에 둘러싸여 있었고, 잔디가 돌과 벽을 뚫고 자라고 있다.

차는 계속 언덕 사이를 지나며 거의 완벽하게 직선으로 난 길을 고속으로 달려가는데, 그럼에도 불구하고 난 옆자리에 펼쳐놓은 이스라엘 지도를 계속 흘깃흘깃 본다. 그사이에 일어난 엄청난 변화 때문에 큰 소외감을 느끼게 된 이 경치의 면면 속에서 내가 길을 잃을까 봐 두렵다. 이 지역을 지나갔던 건 오래전 일이고, 어딜 봐도 너무나 많은 변화가 팔레스타인과 관련된 모든 것의 부재를 지속적으로 내게 재확인시켜주고 있다. 도로표지판에 쓰인 도시와 마을의 이름들, 히브리어로 쓰인 간판들, 신축건물들, 심지어 왼쪽, 오른쪽으로 지평선을 그리고 있는 광활한 들판까지도. 하지만 사라졌던 파리도 돌아와 그림 위를 맴돌고, 지엽적인 부분들도 슬그머니 자기 존재를 암시하며 길을 따라 맴돌고 있다. 주유소 뒤에 널어 말리고 있는 옷들, 나한테 추월당한 느린 차의 운전자, 들판에 홀로 서 있는 가시아카시아 나무, 그리고 유향나무 고목. 먼 언덕에서 양을 지키고 있는 몇몇 양치기들. 잠시 이스라엘 지도를 돌아보니 내가 오른쪽 갈루요트 키부츠 출구로 나가야 한다는 것을 알 수 있다. 이어 신축 고층 건물이 지평선에서 떠오르고 몇몇 거대한 간판이 나타나더니 내게 같은 사실을 알려준다. 나는 출구로 나가 살라마 길에서 좌회전을 하고, 거기까지 나를 데려다준 표지판이 알려주는 대로 지평선이 푸른 선이 될 때까지 다시 야파, 혹은 야포로 계속 가야 한다. 바다! 몇 년 동안 부재했던 바다가 거기 진짜로 있다. 지난 몇 년간 그것은 내게 지도 위의 창백한 푸른색 이상이 아니었다. 그런데 이제 표지판이 아닌 진짜 바다가 나를 그 도시로 인도하기 시작한다. 나는 공장과 자동차수리센터 등을 지나치며 그 암울한 길로 계속 가는 동안 몇 초에 한 번씩 그 떨리는 푸른빛을 바라보는 것을 참지 못하고, 그러다 사고를 낼 뻔한다. 정오의 햇빛 아래 파도치는 해면을 흘깃 보다 갑자기, 하지만 뒤늦게, 내가 빨간 신호등을 건너고 있다는 사실을 깨닫는다. 3차선 도로의 네거리였는데, 내가 건너는 것을 보고 모든 차들이 급정거를 하고 있다. 맙소사! 대체 무슨 짓을 한 거지! 난 교차로를 통과한 뒤 한숨을 돌리기 위해 도로 가에 차를 세운다. 사지가 마비되는 듯한 느낌에 짓눌린다. 참으로 어설픈 짓이다. 경계선 중에서도 이 경계선만큼은 절대 넘으면 안 되는 것이었다. 그래서 난 진정이 되지 않는다. 하지만 재빨리 이곳을 떠나야 한다. 내 차가 아직도 다른 차들을 방해하고 있으니까. 나는 떨리는 손으로 핸들을 잡고 재빨리 다시 길로 오른다. 내 발이 가속기든 변속기든 브레이크든 제대로 밟지도 못한 채 난 그 길의 끝에 도달하고 왼쪽으로 꺾어 몇 미터를 더 가니 목적지다. 이스라엘 방위군 역사박물관. 도착해 보니 주차장은 텅텅 비어 있고, 덕분에 긴장이 좀 풀리기는 했지만 차를 주차할 위치를 결정하는 일이 좀 버겁다. 그늘에 주차하는 게 나을지, 입구에서 가장 가까운 데 주차하는 게 나을지, 아니면 침입자나 도둑을 방지하기 위해 잘 보이는 곳에 주차하는 게 나을지, 그도 아니면 아무도 주차를 안 하는 곳에 주차해서 미세한 긁힘이라도 방지하는 게 나을지 알 수 없다. 난 그리 짧지 않은 망설임을 거쳐 마침내 주차를 하고 옆자리에 있던 두 통의 껌에서 두 개를 꺼내 입속에 넣은 뒤 너무 더워서 벗어놓았던 셔츠와 남은 껌과 지도를 모두 가방에 넣는다. 적어도 껌의 당분을 빨아먹을 수는 있을 것이다. 그날 아침 이후 커피 한 잔 외에는 아무것도 먹지도 마시지도 않았으니까 말이다.

나는 차에서 내려 박물관 입구로 침착하게 걸어간다. 입구를 지나 로비로 들어가서 곧장 매표소로 향하는데, 병사 하나가 거기 서 있다. 그는 미소를 띤 채 나를 올려다본다. 나는 그에게 걸어간다. 그는 내 마음 좋은 동료의 신분증을 보자고 요구하지 않고, 그래서 나는 그것을 가방 속에 그냥 넣어둔다. 그에게 돈을 주고 표를 산다. 그가 정말로 내 돈을 받고 표를 주면서 가방은 사물함에 넣어둬야 한다고 말한다. 그뿐이다. 그의 군복은 전시물 중 하나임에 틀림없다. 나는 지갑을 들고, 메모를 하기 위한 작은 공책과 펜만을 들고 간다. 그가 내게 사진은 찍을 수 없다고 말해줬다. 하지만 아무려나 내게 사진기는 없다. 나는 로비를 나와 야외의 뜰 쪽으로 간다. 그곳을 통과해야만 열여섯 군데의 전시실에 갈 수 있으므로. 병사가 내게 표와 함께 준 안내 소책자에 그렇게 적혀 있다. 뜰에 들어서는 즉시 땅에 깔린 하얀 자갈이 반사하는 날카롭고 눈부신 빛이 눈을 찌른다. 내가 걸어가는 동안 자갈들이 고막을 찢을 듯한 끔찍한 소리를 낸다. 사실, 난 자갈을 참을 수 없다. 먼지를 참을 수 없는 것처럼. 그럼에도 불구하고 난 조심스럽게 발소리를 죽이며 계속 자갈 위를 걸어 그 뜰을 건넌다. 그러는 동안 뜰 주변에 놓인 몇몇 낡은 군용차의 실루엣이 반쯤 감은 내 눈에 들어온다. 이어 나는 소책자를 들춰보며 이곳이 박물관 안의 다른 방들을 다 둘러본 뒤에 마지막에 보도록 설계된 열여섯번째 방이라는 사실을 깨닫는다. 그리고 박물관에서 안내한 경로와 반대로 들어왔다는 사실을 깨달음과 동시에 불안감이 엄습한다. 그 불안감 때문에 이곳에서의 내 경험 전체가 망쳐질 수도 있으므로 나는 즉시 첫번째 전시실로 향한다. 내 발이 문턱을 넘어 등 뒤의 뜰 위로 무겁게 내리쬐던 끈적거리는 더위를 떠나자 에어컨에서 불어오는 찬 공기 때문에 전신에 오한이 끼친다. 나는 아직 지갑과 공책을 들고 있는 손으로 팔을 감싸고 그곳에 온기를 불어넣어보려 한다. 긴소매 셔츠는 가방과 함께 사물함에 있다. 하지만 헛일이다. 지키고 있는 병사 외에 아무도 없는 방을 한가롭게 걷는 동안 오한이 다시 내 전신을 감싼다. 나는 전시물들 사이를 오락가락 구경하는 동안 병사의 주의를 끌까 봐 열심히 오한을 멈추려고 해본다. 전시물 하나에서는 남부의 지도와, 영웅적인 말, 격려의 말들로 채워진 전보, 40년대 말 그곳에 주둔한 군인들 사이에 오간 전보 몇 통이 보인다. 내 노력에도 불구하고 오한은 그치지 않는다. 심호흡을 하고 몸을 돌려 경비 병사를 바라보니, 그도 내 쪽을 바라보고 있다. 나는 찬찬히 몸을 돌려 두번째 전시실을 향해 계속 걸어간다. 거기서 사진 모음과 선전 영화를 보는 동안 오한이 점차 가라앉는다. 영화 몇 편에는 시온주의 영화의 개척자들이 1930~40년대에 제작한 것이라는 설명이 붙어 있다. 영화들은 유대계 유럽 이민자들이 팔레스타인에서 사는 모습들, 주로 정착지에서 농사를 짓거나 협동조합 생활을 하는 모습을 보여준다. 그중 하나가 내 발걸음을 멈추게 한다. 황량한 사막의 숏으로 시작하더니 갑자기 반바지와 반소매 셔츠를 입은 한 무리의 정착민들이 화면 속으로 들어온다. 그들은 높은 탑과 목조 오두막을 짓기 시작하고, 영화는 그것이 완성되고, 정착민들이 그 앞에서 손에 손을 잡고 원을 그리며 춤을 추는 것으로 끝난다. 나는 그것을 다시 보려고 되감는다. 그러자 정착민들은 원을 해체하고 건축을 끝낸 오두막으로 되돌아간 뒤 그것들을 해체하고 재료들 각각을 수레에 담아 화면을 떠난다. 나는 테이프를 빠르게 돌린다. 그런 다음 되감는다. 계속 그렇게 정착지를 짓고 부수기를 반복하다가 더 이상 그 방에서 시간을 낭비할 수는 없다는 걸 깨닫는다. 다른 방 몇 곳에 더 가서 전시물들을 조사해야 하고, 아직 더 멀리 가야 하는 여행도 남아 있다. 나는 계속 구경을 하며 여섯번째 방에 도착해서 앞의 방들에서보다 더 많은 시간을 보낸다. 전시물들 중에 다양한 종류의 군복을 입고 군장을 찬 밀랍으로 만든 군인들이 있기 때문이다. 옆에 붙은 설명에 따르면 대부분의 전시품들이 40년대에 사용된 것이라고 한다. 그 시기의 군복이 오늘날의 것과 다르다는 사실이 눈에 띈다. 요새 군복은 짙은 올리브색인데 그때의 것들은 회색이며 긴바지와 반바지 두 가지 양식으로 되어 있고, 각각 넓은 천으로 된 벨트를 두르게 되어 있다. 그 벨트에는 가죽으로 된 권총집과 탄창을 위한 작은 주머니, 그리고 수통을 매달 수 있는 부분이 있다. 이 벨트 세트 중에는 허리 주변에 두르는 것도 있고 가슴에 사선으로 두르는 것도 있다. 밀랍 군인들은 또한 등에 잡낭을 지고 머리에는 모자를 쓰고 있는데, 큰 것도 있고 작은 것도 있다. 신발의 경우는 요새 군인들이 신는 군화와 아주 비슷하다. 이어 방중앙에 있는 커다란 유리장으로 간다. 유리장 안에 당시에 사용했던 다양한 장비와 휴대용 식기 세트들이 전시되어 있는데, 숟가락, 포크, 칼이 사슬로 연결된 사각형 양은 사발도 보인다. 다른 장비들도 있어서 면도 도구와 비누 따위도 보인다. 그 모든 것 옆에는 군인들의 막사와 식당, 그리고 지휘관 회의를 위해 사용된 천막의 축소 모형이 있다. 다음 방들로 이동하니, 열세번째 방에 도착할 때까지는 그다지 눈에 띄는 것들이 없다. 열세번째 방에는 50년대까지 사용됐던 다양한 모델의 소형 총기들이 있다. 나는 그것들의 크기와 모양, 함께 전시된 총알의 크기에 주목하며 옆에 붙은 설명서를 읽고 조심스럽고 세심히 둘러본다. 그러다 기관단총 앞에 멈춘다. 설명서에는 미국에서 만든 것으로 1919년에 존 톰슨이 개발한 것이라 '토미'라는 별명이 붙었다고 쓰여 있다. 2차 대전 중에 연합군이, 특히 하사관들과 전투 지휘관들이 사용했는데, 이후에도 1948년의 전쟁과 이어 한국전과 베트남전, 그리고 다른 많은 전쟁에 사용되었다고 적혀 있다. 설명서에 덧붙여진 내용에 따르면 그 기관단총은 먼 거리에서 목표물을 명중시키는 능력이 뛰어났으며 근접 전투에서도 효과가 있었다고 한다. 나는 공책에 그 모습을 스케치한다. 내 스케치 실력이 나빠졌다. 예전에는 스케치를 통해 물건의 모습을 아주 정확하게 재현할 수 있었다. 이제는 내 선들이 신경질적으로 불안정하게 흔들려서 무기의 모습이 왜곡된다. 1949년 8월 13일 아침의 범죄에 사용된 무기를 제대로 닮은 모습이라 할 수 없다. 갑자기 우르릉 소리가 방을 울리고 나는 놀라 펄쩍 뛰며 다시 몸을 떨기 시작한다. 에어컨의 찬바람이 방 전체로 퍼지기 전에 열세번째 방을 떠나 뜰로 내려선다. 뜰에서 다시 그 시기에 사용되었던 군용차량들을 마주친다. 앞서 본 것들이다. 그걸 배경으로 하니까 내가 첫번째 방에서 봤고 지금 역시 뜰에서 어슬렁거리고 있는 보초병의 짙은 초록색 상의가 오히려 내 눈을 위로한다. 하지만 내 심리 상태는 다르다. 공포감이 되돌아오는 듯한 느낌이 들자마자 나는 뜰을 나와 로비로 가서 사물함에서 가방을 꺼내고 내 하얀 소형차로 향한다. 주차장에는 여전히 내 차 한 대뿐이다. 사실, 이 도시에서 더 이상 시간을 보낼 필요는 없다. 이런 공식적 박물관에는 더 이상 내게 줄 가치 있는 정보가 없다. 그 소녀의 이야기를 다시 하는 내 일에 도움이 될 사소한 정보조차도. 나는 내 작은 공책을 펼쳐 내가 그린 기관단총의 스케치를 들여다본다. 살상 무기라기보다 썩은 나무 조각처럼 보인다. 나는 공책을 가방 속에 넣고 이스라엘 지도를 꺼내 다음 목적지까지의 길을 가늠한다. 먼저 4번 고속도로를 타고 남쪽으로 가다가 아스칼란을 지나 가자에 못 미쳐 34번 도로로 좌회전을 한 다음 스더로트에서 232번 도로로 우회전하면 된다. 나는 옆자리에 지도를 던지고 씹던 껌을 차의 재떨이에 버리고 출발한다.

　내가 던진 지도 아래에는 다른 지도들이 있다. 그중에는 1948년까지의 팔레스타인 지도도 있지만 이번에는 그것을 펼치지 않는다. 나는 이 지역 출신 사람들을 많이 알기 때문에 야파와 아스칼란 사이의 많은 마을과 도시들이 지구상에서 완전히 사라지기 이전의 모습을 알고 있다. 가는 도중 도시와 정착지들의 이름이 길가에 나타나고 집과 들과 나무와 거리와 커다란 표지판과 사람들의 얼굴도 나타난다. 모두 내 여행의 동반자들이지만 나를 거부하고 있기도 해서 설명할 수 없는 불안감이 드는데, 그러다 라하트 입구에서 검문소가 보인다. 경찰이 흰색 미니버스를 세우고 승객들의 신분증을 검사하고 있다. 또 있구나! 경찰관 하나는 차를 골라 길옆에 세워서 신분증 검사를 하려고 대기 중이다. 내 심장이 목 밑에서 더 빨리 뛰기 시작한다. 시선을 안 마주쳐야 한다. 나는 얼른 가방 쪽을 보며 오른손을 밀어 넣어 껌을 찾는다. 껌이 잡히자 하나 꺼내서 입속에 넣고 씹기 시작한다. 시선은 길 왼쪽 옆으로 흩어져 있는 언덕의 윤곽에 머물러 있다. 침착해야 한다. 차는 시속 구십 킬로미터로 달리고 있었지만 검문소에 가까이 다가갈수록 속도를 줄인다. 검문소 앞에서는 곧 멈출 듯 속력을 늦춘다. 나는 계속 껌을 씹으며 침을 삼키고, 검문소를 통과하자마자 다시 속력을 낸다. 그리고 경찰관 하나가 바쁘게 흰색 미니버스 승객들의 신분증을 검사하는 동안 가까이 선 다른 경찰관이 앞으로 지나가는 차를 지켜보다가 그중 하나를 골라내 신분증 검사를 하려는 광경을 백미러로 보면서 깊은숨을 들이쉰다.

나는 계속 핸들을 잡고 운전을 하다가 다시 피로가 엄습하는 것을 느끼며 머리를 뒤로 기댄다. 이제 차가 훨씬 줄었고, 남쪽으로 멀리 내려온 탓에 작은 돌들이 박혀 있던 하얀 사구들이 이제 누런 사구들로 바뀐다. 그곳에서 앙상한 옅은 초록색의 식물이 자라고 있는데, 그것들은 문 닫은 라말라의 채소시장에서 아마추어 채소 장수가 보통 상추의 세 배나 되는 가격에 나한테 팔려고 애쓰는 말라비틀어진 채 썩어가는 상추를 연상시킨다. 그래도 난 들판 옆에 차를 세우고 조금 쉰다. 입에서 껌을 꺼내 재떨이에 버리고 앉은 자세로 눈을 감아 몇 분이라도 자보려고 잠을 청한다. 하지만 어떻게 해도 잠이 오지 않는다. 초조감이 계속 채찍질을 하며 내가 잠드는 걸 방해하는 것 같다. 결국 나는 쉴 수 있다는 희망을 완전히 포기하고 옆자리의 지도들을 집어 든다. 우선 이스라엘 지도를 펼쳐서, 좀 전에 길에서 봤던 맨 마지막 표지판의 숫자를 기준으로 지금의 내 위치를 가늠해본다. 지도상에 작고 검은 점으로 보이는 다음 목적지까지 도착하려면 이제 짧긴 해도 직선으로 운전해야 한다. 그곳은 지도에선 광활한 누런 바다처럼 보이는 곳 안에 있는 거의 유일한 점이다. 이어 나는 1948년까지의 팔레스타인을 보여주는 지도를 집어 들지만 공포에 사로잡히며 그냥 접어버린다. 팔레스타인 마을들, 이스라엘 지도에서는 누런 바다에 삼켜진 것으로 보이는 그곳들이 이 지도에는 수십 군데가 있어서 그 마을 이름들이 종이에서 나를 향해 덤벼드는 듯하다. 나는 다시 시동을 걸고 목적지를 향해 출발한다.

멀리, 누런 언덕 한가운데에서 목적지가 보인다. 그곳에 이르는 좁은 아스팔트 길이 줄지어 심어진 꽃들과 갸름한 소형 야자수에서 끝나고 그 뒤로 몇 채의 붉은 벽돌집들이 나타난다. 니림 정착지다. 입구의 차단문 앞에서 차를 세우고 차 안에 앉아 누군가 나와서 신분증 검사를 하기를 기다리지만 아무 일도 일어나지 않는다. 잠시 후 철제 대문과 초소에 더 가까이 차를 몰지만 초소 안에는 아무도 없다. 그래서 차에서 내려 대문으로 간다. 햇볕이 무척 강하다. 차단문의 가로막에 매달리니 햇볕 때문에 뜨겁다. 이어 가로막을 당겨 직접 문을 연다. 다시 차에 타고 운전해서 입구를 통과한 다음, 다시 차에서 내려 문을 닫고 또다시 차에 올라 천천히 정착지 안을 지나간다. 곧이어 옛날 거리로 보이는 구역에 도착한다. 완전히 버려진 장소 같다. 내 오른편으로 커다란 마구간이 보이고, 그 옆의 낡은 목조 탑 꼭대기에 저수조가 있으며, 거리 너머 왼쪽에는 내가 아까 야파의 군사박물관에서 본 영화에서 목격한 것과 아주 흡사해 보이는 오두막이 몇 채 있다. 이곳이 그 범죄 현장임에 틀림없다. 이 오두막이 당시의 지휘관이 자기 막사로 사용했던 곳인지도 모른다. 그리고 더 낡아 보이는 저 오두막은 그 소녀가 갇혀 있다가 다른 병사들에 의해 강간당한 곳인지도 모른다. 내가 차에서 내려 그 두 채의 오두막을 향해 다가간다. 그 앞에 잠시 서서 안을 들여다보다가 주변을 조금 걸어 다녀본다. 조금 후에 커다란 창고 쪽으로 간다. 가까이 가보니 잠겨 있다. 다시 오두막 주변을 돌다가 길 건너편의 창고 주변을 배회한다. 그러다가 갑자기 공포가 엄습한다. 아니면 공포가 계속 내 안에 있다가 마음 내키는 대로 지금처럼 나를 공격하는 것인지도 모른다. 난 서둘러 차로 돌아가 마음을 진정시키려고 노력한다. 진정해야 한다. 다시 시동을 걸어 정착지 입구로 되돌아간다. 하지만 입구에 도착하기 몇 미터 전에 좌회전을 해서 옆길로 빠진다. 그렇게 쉽게 돌아갈 순 없다. 여기까지 오는 동안 고생한 것을 생각해서라도. 나는 정처 없는 운전을 계속한다. 거리의 왼편으로는 새로 지은 큰 집들과 그 앞에 넓게 펼쳐진 연두색 잔디밭이 있고, 오른쪽으로는 가시철사 울타리가 있으며, 그 뒤로 사구들이 하늘을 향해 고요히 솟아 있다. 차를 몰며 정착지 안을 이리저리 다니는데, 문이란 문은 다 닫혀 있어 생물이라곤 안 사는 것 같다. 그러다 마침내 방충망 뒤로 유리문이 하나 반쯤 열린 것이 보인다. 나는 길 가운데 차를 세우고 뛰어내려 헬로, 라고 영어로 인사한다. 하지만 아무런 대답도 들리지 않아서 이번에는 더 큰 소리로 '헬로'라고 외친다. 잠시 후 열여덟쯤 되어 보이는 젊은이 하나가 살짝 내다본다. 나는 그곳의 기록보관소나 박물관이 어디 있느냐고 묻는다. 그는 입구 쪽을 가리키며 작은 흰색 건물로 가라고 말한다. 거기 박물관과 기록보관소가 있다고. 나는 차로 돌아간다. 그리고 다시 공포심에 잠긴다. 하지만 그럼에도 불구하고 운전을 계속해서 정착지 입구에 도착한다. 길가에 차를 세우고 내려서 문을 쾅 닫은 뒤 그 소리가 공기를 채우고 있는 새들의 지저귀는 소리에 섞여들 때까지 서 있다. 그리고 그 젊은이가 묘사한 것과 똑같은 모습의 작고 하얀 건물에 다가간다. 문을 두드린 뒤 그 앞에서 잠시 기다린다. 아무런 반응이 없다. 나는 영어로 헬로, 라고 외치고 한 번 더 큰 소리로 외친다. 조금 후 내 뒤에서 대답이 들려온다. 소리 나는 쪽으로 몸을 돌리니 칠십대의 노인이 내 앞에 서 있다. 나는 세번째로 헬로, 라고 인사하고 안에 누가 있는지 아느냐고 묻는다. 그가 기록보관소는 문을 닫았다고 하면서 정확히 내가 원하는 게 뭐냐고 묻는다. 나는 니럼의 역사에 대해서 알고 싶으며, 그 지역의 조사를 위해 몇 가지 서류를 자세히 보고 싶다고, 그러려고 먼 길을 왔다고 살짝 더듬거리며 말한다. 잠시 침묵이 흐른 뒤 그가 자기가 박물관과 기록보관소의 담당자인데 공식적으로는 한시에 문을 닫지만 나를 위해 문을 열어주겠다고 말한다. 나는 열렬한 감사를 표한다. 그리고 그가 문을 여는데, 그 순간 내 심장이 어찌나 크게 뛰는지 새들마저 무서워서 도망갈 것 같다. 우리는 땀이 뚝뚝 떨어지는 얼굴로 안으로 들어간다. 그가 자기소개를 하면서 내게 텅 비다시피 한 방의 한가운데 덩그마니 있는 커다란 탁자 앞에 앉으라고 손짓을 하며 앞문 오른쪽에 있는 하얀 벽걸이 캐비닛으로 다가간다. 참 덥지요? 그가 캐비닛에서 작은 서랍을 열어 봉투를 몇 개 꺼내며 묻는다. 네, 견디기 힘들 정도네요, 내가 대답하고, 그가 자신은 더운 건 괜찮다고 덧붙인다. 어느 정도는 오스트레일리아 날씨 같기도 하다면서. 자신은 50년대에 오스트레일리아에서 이민 와서 계속 니럼에서 살았다고 한다. 그런데 성함은? 나는 생각나는 비아랍계 이름을 아무거나 말한다. 그래, 무슨 연구를 하시는데? 40년대 말에서 50년대 초 이 지역의 지리와 사회지형학입니다. 그가 서랍에서 꺼낸 봉투 몇 개를 들고 내가 있던 탁자로 돌아온다. 그리고 내 옆 가까이에 앉아 수십 장의 사진을 꺼내서 탁자의 순백색 표면 위에 늘어놓는다. 그러면서 본인은 나 같은 전문 연구자는 아니라고 설명한다. 그냥 사진과 역사를 좋아하다 보니 니림의 역사와 공문서를 보존하기 위한 이 단순한 박물관을 세우게 되었다고 말한다. 나는 사진을 들춰보기 시작하며 이 정착지의 역사에 대해서 얘기해달라고 말한다. 그러자 그는 더듬대거나 우물쭈물하는 것과는 거리가 먼 침착하고 분명한 어조로 말하기 시작한다. 그 어조 때문에 마치 쉽게 끊어지지 않을 섬세하고 부드러운 실을 푸는 것 같다. "니림의 초석은 1946년 욤키푸르 속죄일 밤에 놓였지요.* 니림은 '하쇼머 핫자이르' 구성원들과 제2차 세계대전 이후 유럽에서 온 젊은이들이 세운 열한 군데의 정착지 중 하나였습니다.** 네게브에서 정착지

---

* Yom Kippur: 유대교에서 일 년 중 가장 성스러운 날로 속죄의 날이다. 유대인들은 그날 종일 금식을 하고 유대교 예배당인 시나고그에서 고백과 기도를 하며 보낸다.(역주—이하 주는 모두 옮긴이)

** Hashomer Hatzair: 1913년에 오스트로-헝가리 제국에서 시작된 가장 오래된 시온주의자 젊은이 운동의 명칭이며 1948년 이전 팔레스타인 지역에서 그들이 세운 정당의 이름이기도 하다.

를 세우기 시작했지요. 당시 그들의 목적은 남부 지역에서 유대인 정착지를 확장하는 것이었습니다.

그래서 어둠의 날개 아래, 그리고 '하가나'의 도움과 지휘하에 천 명이 넘는 인원이 삼백 대의 트럭에 나눠 타고 네게브를 향해 출발했지요.[*] 아무도, 심지어 영국 당국도 그들의 앞길을 막지는 못했습니다. 작전 계획을 완벽하게 비밀로 해서 영국 당국자들은 알지도 못했고, 심지어 유대인 에이전시조차도 몰랐지요.[**] 스물다섯 대의 차량에 나눠 탄 열혈 청년들이 캐러번과 함께 출발해서 네게브 지역에서 최대한 남쪽인 라파시 부근과 이집트 경계까지 갔습니다. 거기서 네게브의 그 지역 땅을 좀 가지고 있던 유대계 이집트인 부호의 이름을 따서 30년대 말 댕거라고 불리던 지역에 니림이 세워졌습니다.

최초로 니림을 수립한 집단은 남달리 활달하고 드높은 기상과 젊은 열정으로 전쟁에 대비했습니다. 그때는 전쟁 발발 가능성이 나날이 증대하고 있었지요. 그래서 낮에는 참호를 파고 군사훈련을 하며 임시 진료소를 세우고 부상자들을 응급처치하는 방법을 연습했고, 밤에는 아코디언

---

[*] Haganah: 국제연맹의 결정에 따라 1920년과 1948년 사이 팔레스타인 지역에 세워진 지정학적 실체의 명칭이다.

[**] '유대인 에이전시'란 1929년 세계 유대인 조직의 행동지부로 수립된 세계에서 가장 큰 유대인 비영리기구다.

반주에 맞춰 노래를 부르고 다 같이 '파마크' 소책자의 여러 부분들을 읽었습니다.* 전체적으로 보아, 니림의 사회, 문화적 분위기는 전쟁 전야까지 활기에 넘쳤어요. 이집트 군대가 국경에 엄청난 군사력을 결집시키고 있으며 그래서 대규모 공격이 임박했다는 사실을 머지않아 잘 알게 되었으면서도 그랬습니다. 그리고 실제로 대규모 공격이 있었지요. 니림은 1948년 5월 14일의 이스라엘 국가 수립 공표 이후 이집트군이 최초로 공격한 정착지였습니다. 건물들은 포병대의 집중포화로 모두 파괴되었고, 마을 창설자 중 여덟 명이 사망했으며 다른 몇 명은 부상을 당했지요. 그럼에도 불구하고, 그들은 참호 속에서 소총과 기관총만 가지고 그들의 정착지를 방어하며 제 위치를 고수했습니다. 그리고 비록 정착지 구성원들에 비해 이집트군의 병력이나 무기가 월등 나았지만, 그들은 큰 손실을 입고 니림을 버리고 북쪽으로 전진했습니다.

결국, 니림의 구성원 마흔아홉 명은 가벼운 무기만으로 무장한 채 천여 명에 달하는 완전무장 정규군을 물리친 겁니다. 다들 니림의 기적은 구성원들의 강한 의지 덕분이라고 말하지요. 이집트군은 이 정착지와 다른 전장 사이의 지속적인 통신과 움직임을 보며 정착민들에게 항복

* Palmach: 하가나의 엘리트 군사 조직.

의사가 없음을 깨달았고, 그래서 여기서 시간을 더 지체하느니 그냥 전진을 계속하기로 결정한 거죠.

그 공격 이후 다른 지역에서 엄청난 포격이 계속되는 동안 니림에서는 지하에서, 즉 참호와 벙커에서 일상생활을 계속했어요. 그 공격, 특히 젊은 니림 건설자 여덟 명의 사망은 니림에 깊은 흔적을 남겼습니다. 그들 중에는 유럽의 홀로코스트 생존자를 가족으로 둔 사람도 있거든요. 그 사실은 메이데이 축제 중 그 전쟁 전야에 정착지의 주민들이 천 하나에 적어서 벽에 건 구절에도 반영되어 있습니다. 그 구절, 그리고 그게 걸렸던 벽은 그 공격 중에도 다치지 않아서 오늘날까지도 이곳에서 기념되고 있습니다."

장광설 끝에 그는 돌무더기들 한가운데 서 있는 외로운 벽의 사진을 내게 보여준다. 사진 속 벽에 흰 배너가 걸려 있다. 그가 거기 쓰인 히브리어 구절을 번역해준다. "탱크가 아니라 인간이 승리하리라." 탁자 위에는 또 사막에 버려진 차량들, 정착지가 세워지기 전의 그 지역, 제복처럼 보이는 회색 반바지에 반소매 셔츠를 입은 초기 구성원들, 정착지 건설의 여러 단계, 오두막과 커다란 식당 등의 사진이 흩어져 있다. 그리고 몇몇 정착민들이 그 지역의 소수민인 베두인 거주자들과 앉아서 담소를 나누는 사진이나 카메라를 바라보며 미소를 짓고 있는 여러 인물들의 사진도 있다. 나는 그 시기 팔레스타인 주민들과 유대인 이민자들 사이의 관계에 대해 그에게 질문한다. 아주 훌륭했죠, 그가 대답한다. 정착지 이주민들은 지역 주민인 베두인 사람들을 환영하기 위해 손님용 천막을 쳤다고, 베두인 사람들이 자주 찾아와서 함께 민트차를 마셨다고. 즉, 양측 사이에 두터운 우정과 깊은 신뢰가 생겼고 베두인 사람들은 니림의 청년들에게 자기 칼도 맡겼다고. 하지만 그런 관계는 전쟁이 발발하면서 끝났다고 덧붙인다. 왜죠? 전쟁 중에, 아니면 전쟁 후라도 그런 결과를 가져올 만큼의 적대나, 특별한 사건이 있었나요? 내가 묻는다. 아니죠, 그가 대답한다. 하지만, 그가 덧붙인다. 전쟁이라는 게 원래 그렇습니다. 때로는 가족 간의 유대도 끊어버리니까. "그럼 전후엔요?" "정착민들과 이 지역에 남아 있던 소수 아랍인들 사이에 가끔 충돌이 있었죠. 아랍인들의 가축이 정착민들이 재배하는 곡식을 먹어 치우는 일도 있었으니까." "그러다가 사람이 죽기도 했나요? 남자든, 여자든, 아랍인이든 정착민이든?" 그는 그런 사건에 대해선 모른다고 대답한다. 이어, 잠시 침묵이 흐르다가, 그가 자신이 아는 유일한 사건은 전후 군대가 생겨서 자원했을 때 겪었다고 덧붙인다. 그 군대의 주요 임무가 그 지역 잠입자를 색출하는 것이었다고. "어떤 사건이었나요?" 내가 심장박동 소리 때문에 목이 메지 않도록 애쓰면서 묻는다. 그는 어느 날 순찰 도중에 가까운 우물에서 베두인 소녀의 시체를 하나 발견했다고 대답한다. 그리고 아랍인들이 그 소녀의 행실에 대해 의심을 품고 죽여서 우물에 던져버렸다고 설명한다. 그리고 참 안된 일이라고 덧붙인다. 그런 관습이 있다는 게.

"독립전쟁 이후에," 그가 이야기를 맺으며 말한다. "정착지를 이리로 옮기기로 결정됐죠. 여기는 원래 자리에서 이십오 킬로미터 북쪽에 있습니다." "왜요?" "우선, 더 안전하기도 하고, 두번째로는 연평균 강수량이 다른 데보다 훨씬 더 많기 때문이죠."

방문을 마치자, 그가 정착지와 정착지의 역사에 대해 많은 정보가 담긴 소책자를 건네준다. 나는 감사를 표하고 밖으로 나가 참을성 있고 충성스럽게 나를 기다리고 있는 차를 향해 간다. 운전석에 앉아서 소책자를 넘기다보니 방금 내가 알게 된 지식의 대부분이 그 안에 쓰인 내용과 같고, 그 정착지에는 홈페이지까지 있으며, 거기서 추가적인 정보까지 얻을 수 있다는 것을 알 수 있다. 그러니까, 그곳은 범죄 현장도 아니었을뿐더러, 내가 이 힘든 여행에서 수집한 모든 정보는 집에 앉아서, 커다란 창가의 내 탁자 앞에서 얻을 수 있는 내용인 것이다.

최소한 그 소책자에는 그 정착지의 이전 위치를 보여주는 작은 지도가 달려 있다. 그 이전 위치는 방금 알아낸 바, 그리고 그 소책자에 따르면 니림이 아니라, 그 정착지 건설 이전의 넓은 지역 이름을 따서 댕거라고 불리는 곳이다. 내가 시동을 걸고 정문 쪽을 향하니, 마침내 초소에 앉아 있는 초병이 보인다. 그가 정문을 열어줘서 내가 직접 열 필요는 없다. 나는 검은 도로로 나가 신기루의 드레질 아래 신경질적으로 떨리고 있는 고요한 누런 언덕들을 향해 나아간다. 아직 오후지만, 내가 가는 방향에서는 아무도 보이지 않는다. 양쪽으로 뻗은 언덕들에서는 생물의 기척이라곤 없다. 드문드문 망고와 아보카도, 혹은 바나나 동산을 지나칠 때 나무 몇 그루가 보이는 정도다. 남쪽으로 다가가면 갈수록 사람이 안 사는 곳이라는 인상을 받는다. 마침내 목적지에 도착한다. 목적지는 내 왼쪽인데, 오른쪽에는 군대의 진지가 있다. 그러니까 군대는 이 지역을 떠난 적이 없는 것이다. 나는 진지에서 조금 떨어진 길옆에 차를 세우고 내린다. 날씨는 여전히 무척 덥고 햇볕은 강하다. 아스팔트 위를 걷는데 포르노 잡지의 속지 수십 장이 뜯겨져 길 양쪽과 진지를 두른 울타리 주변에 흩어져 있다. 진지 뒤쪽으로는 막사 꼭대기들이 보이는데 병사들은 안 보인다. 나는 길을 건너갈지 말지 잠시 머뭇거리다, 조금 후 건너간다. 반대편으로 간 뒤 더 이상 지체하지 않고 곧장 범죄 현장을 향한다. 작은 공원처럼 보이는 곳이다. 모래로 덮인 울퉁불퉁한 땅인데, 유칼립투스 나무 몇 그루가 보이고, 나무 벤치들이 여기저기 놓여 있다. 맨 왼쪽에 콘크리트 건물이 서 있는데, 니림 박물관의 사진에서 본 히브리어 문장이 쓰여 있다. "탱크가 아니라 인간이 승리하리라." 나는 모래를 밟으며 공원 여기저기를 걷는다. 이제 유칼립투스 나무가 내 오른쪽에 있고 바로 앞에는 콘크리트 건물이 서 있다. 그 건물로 가서 계단을 통해 지붕으로 올라가니 눈앞에 광활한 모래벌판이 펼쳐진다. 벌판 여기저기에서 연초록 들판과 옹기종기 모인 나무, 벽 따위가 보이고, 그 너머에 회색과 흰색의 집들이 줄지어 있다. 그곳에서도 초록색 나무가 조금 얼룩덜룩 보이고, 그 때문에 지평선의 모양이 구불구불 혼란스럽다. 그곳이 라파로, 지는 해가 곧 삼켜버릴 것이다. 오른쪽으로는 사구와 좀 전에 차로 지났던 망고와 바나나, 아보카도 동산 따위가 넓게 펼쳐져 있다. 나는 몸을 돌려 왼쪽 풍경을 다시 살펴본다. 대부분 유칼립투스 나무에 가려져 자세한 부분은 감춰져 있다. 난 좀 망설인 다음 눈을 들어 진지 쪽을 바라본다. 인기척이 안 느껴진다. 막사도 그대로고, 진지 주변에는 군용차량들도 여전히 주차되어 있다. 감시탑들 쪽으로 조심스럽게 눈길을 돌려보지만, 입구가 너무 어두워서 그 안에서 병사들이 나를 지켜보고 있는지 여부는 알 수가 없다. 난 마지막으로 지붕을 벗어나 계단을 내려와 건물의 굽이굽이를 따라간다. 워낙 높은 건물이라 안에 있는 사람은 주변에서 고립된다. 안에서는 어느 쪽으로 고개를 돌려도 보이는 것은 콘크리트뿐이다. 나는 질식할 듯한 기분이 되어 서둘러 다시 모래밭으로 나온다. 여기저기 발길을 돌리며 참호나 오두막의 잔재가 있나 찾아본다. 과거에 있던 정착지나 진지의 유일한 흔적은 작은 참호인데, 참호 벽을 지탱하고 있는 모래주머니는 전혀 낡은 흔적이 없는 것으로 보아 새것인 듯하다. 하지만 모래땅 위에서는 인간의 발자국이 보인다. 그런데 발자국의 윤곽선이 날카롭지 않고 흐릿해져 있다. 찍힌 지 며칠 된 것일 수도 있다. 그 외엔 아무것도 없다. 모래땅 위에는 특별히 눈에 띄는 게 없고, 쓰레기 부스러기조차 안 보인다. 나무 벤치들 옆 막대에 붙은 쇠고리에 매달린 쓰레기봉투조차 비어 있다. 봉지의 플라스틱이 서로 딱 달라붙어 있다. 난 사반세기 이후 내 생일과 우연히 일치하게 된 그날의 범죄를 단죄할 아무런 단서도—중요한 것도 사소한 것도—발견하지 못했지만,

그래도 걸음을 계속한다. 그러다 해가 라파의 집 지붕들에 가까워질 무렵에야 걸어서 공원을 가로질러 길로 나간 뒤, 차를 타고 출발한다.

내가 계속 운전해 낮은 사구들 사이를 지나가는데, 일부 언덕에서는 작은 나무가, 다른 곳에서는 큰 나무가 조금씩 자라고 있다. 분명한 목적지는 없지만 현장에서 멀리 갈 생각은 없다. 결국 같은 장소를 계속 맴돌고 있는 게 분명해서, 부질없는 짓은 그만하자는 생각으로 길가에 차를 세우고 나무들이 모여 있는 곳으로 걸어간다. 모래 위에 호스 하나가 놓인 게 눈에 띄는데 나무와 나무 사이를 연결하고 있으며, 동일한 크기의 고리를 이루며 두 나무 몸통에 감겨 있다. 이어 줄지어 선 나무들 사이를 걷는데, 앞의 것들은 키가 크며, 얇은 먼지에 덮인 진한 초록 잎 사이로 아보카도가 매달린 가지가 보인다. 나는 아보카도 하나로 손을 뻗어 손가락으로 그 거친 표면을 눌러본 뒤 그 뒤의 키가 더 작은 나무들을 향해 계속 걸어간다. 이 나무들은 망고 나무다. 과육은 아보카도보다 딱딱하지만, 만져보니 껍질은 부드럽다. 계속 걸어가자 바나나 나무가 나오고 덤불의 끝을 만난다. 커다란 잎 사이로 하루의 마지막 빛이 쏟아지며 나를 환영한다. 나는 그 사이를 잠시 배회하다 모랫바닥 위로 넘어진다. 등을 대고 구르다가 황혼이 내리기 직전의 희미한 빛이 바나나 잎새를 통해 내 위로 흐르는 동안 사지를 뻗고 으스스한 연하늘색 하늘에 시선을 고정시킨다. 거기 모래밭에 누워 있는 동안 내 무력감이 깊은 외로움으로 바뀐다. 지금 여기 있는 건 헛수고다. 찾으려던 건 아무것도 찾지 못했고, 이 여행을 통해 출발할 때 알던 것 이상으로 알게 된 건 없다. 햇빛이 엷어지고 어둠이 내리기 시작하자 외로움은 점차 불안으로 바뀐다. 어서 일어나서 차로 돌아가야 한다. 나는 몸을 일으켜 불현듯 출구가 없이 한없이 이어지는 듯한 착각을 주는 나무들 사이를 걸어가기 시작한다. 전속력으로 달려 차에 도착해 문을 열고 운전석에 털썩 주저앉는다. 즉시 이 지역을 떠나야 한다. 운전석 옆자리에 놓인 이스라엘 지도를 들고 라말라로 돌아가는 길을 살펴본다. 232번 도로에서 34번 도로로, 거기서 좌회전, 그리고 40번 고속도로가 나올 때까지 계속 가다가 우회전. 그런 다음 계속 가다가 443번 도로를 만나고, 그다음에는 아는 길이다. 다시 옆자리 다른 지도들 위에 지도를 내려놓고 시동을 걸어 차를 출발시킨다.

그러나 일단 차를 타고 그곳을 벗어나자마자 난 침착함을 조금 되찾는다. 사실, 여기 좀 더 있으면 뭘 발견할 수도 있다. 아니면 그 사건에 대해 새로운 사실로 날 인도해

줄 단서라도 발견할지 모른다. 그 소녀가 견뎌야 했던 경험의 성격을 파악하는 데 도움을 줄 단서 같은 것. 황혼이 다가오자 난 이곳에서 하룻저녁을 묵는 건 어떨까, 하는 생각까지 하기 시작한다. 그러지 말아야 할 이유가 뭐지? 문제는 어디서 묵는가이다. 누구든 만나게 되면 물어야 한다. 그래서 난 좁은 교차로들을 지나 잠시 운전을 계속한다. 그 길들에 깔린 아스팔트가 누런 모래 들판을 따라 검은 윤곽을 만든다. 그러다 해가 막 지고 난 뒤 주유소를 발견한다. 우선 종일 운전을 해서 이제 거의 비어버린 기름통을 채운다. 내가 직접 주유를 하는 건 생전 처음이다. 워낙 서툴러서 손과 바지에 휘발유를 조금 쏟는다. 그런 다음 휘발유 냄새를 앞세우고 주유소 직원에게 기름값을 내러 간다. 친절한 청년이 내게서 풍기는 휘발유 냄새를 당연하다는 듯 받아들인다. 주유소에서 시간 대부분을 보내는 사람이니까. 나는 하룻저녁 묵을 데가 있는지 묻는다. 그러자 그는 니림 정착지에 가보라고 말한다. 내가 여행자라니까 니림에 나 같은 여행자에게 방을 빌려주는 사람들이 있다고 한다. 그럼 다시 니림으로. 지도를 보니 그리 멀지 않고 가는 길도 간단하다. 나는 곧장 그리로 향한다. 곧이어 정문 차단막 입구에 도착했지만, 초소에는 안내인이 없다. 나는 차에서 내려 직접 문을 열고 다시 차를 타고 입구를 통과한 뒤 다시 내려 문을 닫고 다시 차를 타고 정착지 안으로 들어간다. 아까 범죄 현장이라고 생각했던 오두막들을 무심히 지나치며 간다. 처음 봤을 때 느꼈던 슬픔이나 분노 같은 건 전혀 안 느껴진다. 정착지 안을 계속 운전하다가 비로소 길 이름이 꽃 이름을 따서 지어졌다는 사실을 깨닫는다. 자스민 거리로 들어서자 한 청년이 차 앞에 서 있는 모습이 보인다. 옆에는 상반신을 트렁크에 묻은 다른 사내가 있다. 나는 차에서 내려 안녕하시냐고 인사를 한 다음, 하룻밤 묵을 데가 있겠냐고 묻는다. 누군가 하며 잠깐 모습을 보인 사내가 트렁크 안의 물건을 향해 다시 고개를 숙이자 그의 상반신도 다시 사라진다. 청년이 보통은 자기 집의 방을 빌려주는데, 안타깝게도 오늘은 빈방이 없다고 말한다. 나는 좀 실망해서 다른 방을 좀 추천해달라고 하고, 그는 오던 길로 되돌아가서 길 끝에 이르기 전에 나르시서스 거리로 좌회전을 하라고 말한다. 그 길 초입 왼쪽에 게스트하우스가 있는데, 거기 빈방이 있을지도 모른다며. 이어 그가 잠깐, 이라고 덧붙인 뒤 허리띠에서 핸드폰을 꺼내 누군가에게 전화를 한다. 나르시서스 거리의 게스트하우스 주인과 대화를 한 뒤 '다행히' 거기 빈방이 하나 있다고 알려준다. 나는 친절에 감사하다고 인사한 뒤 그리로 향한다. 이제 어두워지기 시작한다. 나르시서스 거리의 게스트하우스에 도착하자 주인이 보도에 나와 나를 기다리고 있다. 그가 나에게 누구냐고 묻지는 않지만, 난 내가 누구고 왜 왔는 지를 니림의 박물관 겸 기록보관소 담당자에게 말했던 것과 마찬가지로 알려준다. 아무런 의심도 사지 않기 위해서. 게스트하우스의 주인은 커다란 정원을 통과해 자기 집 맞은편 오두막으로 나를 데리고 간다. 오두막 안은 깨끗하고 깔끔하다. 나는 이미 당도해 있는 밤의 숙박료를 미리 낸다. 오두막의 입구로 주인과 함께 돌아가니 완벽한 어둠이 나를 맞아준다. 주인은 자기 집으로 돌아가고, 나는 차로 가서 가방과 지도를 꺼낸 뒤 차 문을 잠그고 오두막으로 돌아간다. 부엌 탁자 위에 가방을 내려놓자 냉장고가 눈에 띄면서 내가 오늘 마지막으로 먹은 게 껌 한 조각이라는 사실을 깨닫는다. 그게 아침 이후 내가 먹은 유일한 음식이다. 냉장고로 가서 문을 여니, 케이크 하나와 요구르트 두 통이 보인다. 내가 먹어도 되는 건지 아닌지 확신이 안 섰기 때문에 케이크를 조금만 먹는다. 바로 전에 묵었던 사람이 남겨놓은 걸 수도 있겠다 싶어 조금 더 먹고 밖으로 나간다. 오두막의 입구를 밝힌 불을 끄고 잠시 머뭇거리자니, 내가 도착했을 때 봤던, 난쟁이야자수 두 그루 사이에 걸린 해먹이 어둠 속에서 떠오른다.

나는 벨벳처럼 부드러운 밤을 헤치며 해먹으로 가서 누운 뒤 먼 하늘에 흩뿌려진 별들이 내보내는 부드러운 별빛을 관찰한다. 나는 거기 오래 가만히 누워 있다. 그러니까 가벼운 이슬 한 겹이 내 몸 위에 쌓인다. 갑자기 검은 덩어리 하나가 잔디 너머에서 나를 향해 다가오는 것이 보인다. 그것이 해먹 앞에서 멈춘다. 개다. 그 개의 존재는 내 안에서 즉각적으로 공포심을 불러일으킨다. 그래서 계속 쫓으려고 해본다. 하지만 녀석은 내 앞에 가만히 서 있고, 나는 더욱더 공포심에 사로잡혀 결국 해먹을 빠져나와 오두막으로 돌아간다. 난 오두막 안으로 들어가기 전 개가 있던 방향을 한번 돌아본다. 하지만 개는 안 보인다. 완전히 사라졌다.

오두막에 들어간다. 기진맥진해서 씻고 싶은 생각은 전혀 없었지만, 아직 코밑에 매달린 휘발유 냄새 때문에 욕실로 들어간다. 샤워실로 들어가 커튼을 치고 물을 틀자 따뜻한 물줄기가 온몸으로 쏟아진다. 물줄기가 어찌나 풍부하고 강력한지 내가 있는 곳이 라말라가 아니라는 걸 새삼 깨닫는다. 빨리 물을 잠그지 않으면 저수조에 있는 물을 다 써버릴 것이고, 그러면 이웃이 쓸 물이 하나도 안 남을 거라고 걱정할 필요가 없다. 두터운 비누 거품으로 내 피부를 덮어 휘발유 냄새와, 종일 내 몸 위에 쌓인 땀과 먼지 따위를 없애려고 애쓴다. 다시 물을 틀고 내 몸 위로 풍부한 물줄기를 흘려보내 모든 것이 쓸려가도록 한다. 심지어 라말라의 우리 집 욕실에서 찔끔찔끔 쏟아지던 물의 기억까지도 말이다. 수도꼭지를 잠그고 샤워실을 나오는 것이 힘들다. 우리 집에서 일주일 동안 매일 샤워를 할 때 쓸 만큼의 물보다 더 많은 물을 쓴 게 틀림없다 싶을 때까지 못 잠그고 있다. 마침내 재빨리 수도꼭지를 잠근다. 그런 뒤 몸을 닦고 타월로 감싼 뒤 옷을 집어 들고 욕실을 나온다. 옷에서는 아직도 휘발유 냄새와 희미한 땀 냄새가 풍긴다. 나는 부엌 탁자로 걸어가서 의자 하나 위에 셔츠를 널고 바지는 다른 의자에 널어서 냄새를 빼보려 한다. 신발은 탁자 밑에 놓는다. 침대까지 가는 길에 책 몇 권으로 채워진 작은 선반이 있어 그 앞에서 발길을 멈춘다. 그 지역 여행안내서와 요리책, 그리고 화첩들이 있다. 화첩들 중 하나를 꺼내 들고 침대를 향한다. 침대에 눕자, 단단한 매트리스가 내가 곧 안도감을 느낄 것임을 알려준다. 들고 간 크고 무거운 화첩을 펼친다. 앞부분에 검은 양복과 흰 셔츠를 입고 약간 홍조를 띤 얼굴의 사내가 의자에 앉아 평온한 표정을 짓고 있는 그림이 있다. 이 화첩은 표현주의 운동에 관한 것으로, 1차 대전 중에 경험한 살상과 참혹함 때문에 독일 화가들의 고전적

화풍이 인간의 형태와 환경을 극단적으로 왜곡하는 화풍으로 변화했다고 설명하고 있다. 화첩 안의 많은 그림을 구성하고 있는 선들은 뾰족하고 불안정하며 왜곡되어 있다. 책장을 계속 넘기다가 화가들 중 하나가 아내에게 쓴 편지의 발췌본을 마주친다. 1915년 6월 8일자 편지에서 그는 적었다. "어제는 폭격으로 완전히 파괴된 묘지를 마주쳤소. 무덤들은 폭파되었고, 관들은 지극히 불편한 모습으로 흩어져 있었소. 폭탄 때문에 관 안의 고명한 주인들이 백주 대낮에 무례하게 노출되었고, 뼈와 머리카락과 옷 조각들이 터져버린 관들의 틈새로 보였다오." 1915년 5월 21일자 다른 편지는 말한다. "참호들은 꼬불꼬불한 선을 그리며 이어졌고, 하얀 얼굴들이 컴컴한 땅굴 속에서 빠끔히 내다보고 있었소. 많은 사내들이 아직 있을 곳을 준비하고 있었고, 그들 사이사이 사방에 무덤이 있었소. 그들이 앉아 있던 곳, 그들의 땅굴 옆, 심지어 모래주머니 사이에서도 십자가가 튀어나와 있었다오. 시체들이 그들 사이에 끼어 있었소. 마치 소설 같았소. 어떤 사내는 자기 땅굴 옆 무덤 위에서 감자를 굽고 있었소. 이곳에서 생명의 존재는 이미 역설적인 농담이 되었다오." 또 다른 곳에는 모래 위에 엎드려 누운 벌거벗은 소녀의 그림이 있다. 소녀는 넘어진 듯한 모습이고 몸은 모래 빛 황색이며 헝클어진 짧은 머리는 검은색이다. 나는 책을 덮어 옆으로 치운 뒤 불을 끄고 잠이 든다. 그러다 새벽이 오기 전 둔탁한 폭발음에 깨어난다. 그 소리는 다른 폭발음으로, 또 다른 폭발음으로, 그리고 다시 또 다른 폭발음으로 이어진다. 꿈이 아니다. 난 폭탄 터지는 소리에 귀를 기울인다. 소리의 둔탁함이 폭격이 가해지고 있는 장소와 나 사이의 거리를 알려준다. 제법 먼 곳이다. 장벽 밖. 가자 나 아니면 라파일 것이다. 폭발음은 폭발이 얼마나 가깝고 먼 곳에서 일어나느냐에 따라 아주 다르게 들린다. 지금 이 폭발음의 우르릉 소리는 전혀 강하지 않고 소음도 불안감을 주는 종류가 아니다. 깊고 둔탁한 게 오히려 엄청나게 큰 북을 나른하게 치는 듯한 소리다. 그리고 그 소리의 원인인 폭격은 내가 있는 건물을 흔들지 않는다. 건물 벽이 얇고 가벼운 나무로 만들어진 것인데도 말이다. 창문이 닫혀 있지만 유리가 산산조각 나지도 않는다. 내가 침대를 빠져나가 창문을 열어도 끔찍하게 두터운 먼지 구름이 방을 채우지도 않는다. 대신 부드럽고 다정한 새벽 공기가 스며들어온다. 나는 계속 귀를 기울인다. 내 귀가 반복적인 폭격 소리에 숙달되어 있기 때문에, 나는 가자에 대해 엉뚱한 친밀감을 느낀다. 가까운 곳의 폭발음을 듣고 폭격된 건물에서 날아오는 먼지 입자를 만지고 싶다는 욕망까지 느낀다. 먼지의 부재로 인해 난 마침내 내가 낯익은 것에서 아주 먼 거리에 있다는 것, 그리고 이제 돌아가는 것이 불가능하다는 걸 깨닫는다. 하지만 난 근심이나 공포감에 완전히 사로잡히기 전에 침대로 되돌아가 곧 잠에 빠져든다.

아침 일찍 일어나서 옷을 입는다. 땀 냄새는 조금 빠져나갔지만 휘발유 냄새는 남아 있다. 나는 차로 가서 탄 뒤 문을 쾅 닫고 시동을 건다. 게스트하우스의 주인에게 인사하지 않고 떠난다. 범죄의 현장으로 향한다. 거기 말고 다른 갈 데가 생각나지 않으니까. 거기까지 가는 길은 어제보다 훨씬 가깝게 느껴진다. 이번에는 지도가 아니라 굴곡진 언덕과, 망고와 아보카도와 바나나 밭에 의지해 간다. 도착해 보니 어제 본 모습 그대로다. 아직 동이 트는 중이고 떠오르는 햇살이 엷은 구름층에 가려져 있어 좀 덜 덥긴 하지만. 콘크리트 구조물을 향해 가자, 다시 '탱크가 아니라 인간이 승리하리라'라는 구절이 나를 맞이한다. 나는 계단을 올라간다. 지붕 위에 서니, 라파가 지평선을 그리며 다시 나타난다. 어젯밤의 폭격이 만든 연기가 고요히 올라 창백한 아침 하늘 속으로 사라지고, 따라서 그 뒤 도시의 대부분을 감추고 있는 회색 장벽과 그다지 잘 구별되지 않는다. 내 새 직장의 아주 마음 좋은 동료들 중에는 라파와 가자의 다른 지역 출신이 있다. 그래서 나는 방문 허가증을 위해 몇 년씩 기다리고 있을 그 동료들을 위해 내 앞의 장면을 눈 안으로 흠뻑 받아들인다.

나는 계단을 내려가 가까운 모래언덕으로 간 다음 유칼립투스 나무 그늘에 앉는다. 가방을 열어 정착지 오두막의 냉장고에서 꺼내 온 요구르트 통과 역시 거기서 가져온 작은 숟가락을 꺼내 그것을 먹기 시작한다. 어제 관찰한 자잘한 곳들—모래가 몸통을 덮은 나무들, 재건축된 작은 참호, 콘크리트 건물에 새겨진 구절, 길 건너편의 군 야영지—을 반복적으로 훑으며 천천히 그곳을 구경하는 내 눈을 요구르트의 번들거리는 빛이 때때로 찌른다. 요구르트를 다 먹은 뒤 손으로 모랫바닥을 짚어 몸을 일으킨 다음 흘깃 보니 앉아 있던 자리 옆에 개 모양의 자국이 새로 나 있다. 이어 주변 사방에서 발자국과 바퀴 자국들이 눈에 띄고, 즉시 내게 다시 공포심이 일깨워진다. 그럼에도 불구하고 나는 야영지의 감시탑에 있는 병사들이 나를 발견할 경우에 대비해 침착한 태도를 가장하며 차를 향해 걸어간다. 최대한 여유 있는 태도로 걸으며 나무의 몸통에서 마른 나뭇잎으로, 공원의 나무 벤치로, 그리고 발자국으로 다져진 참호 주변 모래밭으로 시선을 옮긴다. 하지만 내 다리는 차를 향해 나를 마구 민다. 이 장소를 당장 떠나고 싶기 때문이다. 그때 껌이 생각난다. 나는 가방에 손을 넣어 껌 한 통을 꺼내 두 개를 입속에 넣고 나머지를 바지 주머니에 넣는다. 껌을 씹기 시작하면서 왼손에 들고 있던 빈 요구르트 통을 눈앞으로 들어 거기 쓰여 있는 글씨를 읽으며 차까지 간다. 차 문을 열고 옆자리에 가방을, 비상 브레이크 뒤에 빈 요구르트 통을 놓고 침착하게 시동을 건 뒤 군대 야영지에서 최대한 눈길을 피하며 주변의 울타리를 따라 차를 운전하기 시작한다. 군대 야영지 대신, 공원 주변 지역을 살펴본다. 나는 온 길로 되돌아가지 않고 차를 반대 방향으로 몬다. 몇 미터를 가자 길이 끝나고 새 길이 나온다. 라파로 가는 이 길의 오른쪽으로 탱크와 군용차량 몇 대가 줄지어 서 있다. 몇십 명의 병사가 주변에 서 있는데, 그들이 간단한 대화를 나누며 몸무게를 옮길 때마다 몸이 좌우로 출렁인다. 육로로 라파로 진격하려는 듯하다. 나는 좌회전을 한다. 가자의 모든 지역과 그곳에 닥칠 모든 일에서 나를 멀어지게 하는 길이다. 나는 동쪽을 향해 가는데, 불안한 파리처럼 계속 같은 곳을 빙빙 돌고 있다. 사구들과 벌판을 지나고, 그들 사이에 가끔 있는 사이프러스와 유칼립투스 나무들을 지난다. 시간이 계속 흐르고 있는데 나는 딱히 뭘 어떻게 하겠다는 결정을 못 내린다. 결국 길가에 차를 세우고 옆자리에서 지도를 집어 든다. 이스라엘 지도를 펼쳐 내가 있는 길의 번호를 찾아본다. 여기까지 왔구나. 이어 먼저 동쪽으로, 다음에는 북쪽으로 뻗은 길을 눈으로 좇는다. 교차로에 둘러싸인 삼각형 모양의 지역에 모여 있는 아랍식 이름의 읍과 마을들이 눈에 띈다. 이 삼각형 밖에서는 남부 나캅의 대부분 지역에서 사람이 안 사는 듯하다. 군사훈련 지역, 정착지, 혹은 사설 이스라엘 농장이라고 표시된 몇 곳만 예외다. 나는 삼각형 모양의 지역을 다시 살펴본다. 처음 읽어보는 지명들이다. 조금 후에 다시 지도를 옆자리에 내려놓고 입에서 껌을 꺼내 재떨이에 버린 뒤 북쪽으로 간다. 거리에 차가 점점 더 많아지기 시작해 좀 덜 버려진 지역인 듯한 느낌이 든다. 옅은 황색 모래 대신 하얀 가루가 덮인 낮은 언덕을 가로지르며 더 많은 바위와 돌들이 뾰족한 그림자를 드리운다. 계속 운전을 하다 보니 왼쪽으로 흙길이 갈라져 나온다. 흙길의 폭이 차가 다닐 만큼은 되는 듯해서 난 재빨리 좌회전 신호를 켜고 속도를 늦춰 그 길로 들어선다. 자갈이 깔린 길이라 운전은 수월하지만 아무리 조심조심 운전을 해도 두터운 먼지의 연기가 떠올라 후광을 이루며 차 뒤의 풍경을 흐릿하게 만든다. 차 앞의 광경은 황량해 보이는 언덕이 주다. 늦은 아침 해와 여기저기 흩어진 많은 돌들 때문에 더 사나워 보인다. 몇 분 후 오두막의 꼭대기 부분이 몇 보이고, 다시 언덕들 뒤로 사라졌다가, 계속 길을 따라 가자 되풀이해서 다시 나타나곤 한다. 몇 미터 앞이 되자 비로소 전모가 드러난다. 거기서 개 한 마리가 나를 발견하고 껑충 뛰더니 사납게 짖으며 나를 향해 달려온다. 나는 그 개를 치지 않기 위해 최대한 피하려고 하지만 그 녀석은 전혀 개의치 않는 듯 계속 차를 쫓는다. 차를 세우자 개가 계속 차 앞에서 빙빙 돌고 짖으며 뛴다. 나는 하는 수 없이 그냥 차 안에 앉아 그 녀석이 진정하거나, 오두막에서 누군가 나타나 나를 구해주기를 기다린다. 하지만 그런 일은 일어나지 않는다. 난 누가 없나 그곳을 둘러보고 거기 있는 집들을 살펴본다. 어떤 오두막은 함석 골판으로 만들어졌고, 다른 것들은 벽은 벽돌로, 지붕은 함석 골판으로 만들고 플라스틱 판을 덮은 뒤 아마 그 판들이 바람에 흔들리지 않게 하기 위해서인 듯 그 위에 돌들을 몇 개 올려놓았다. 오두막 외에 가축우리도 몇 군데 보이는데, 그 안에 가축은 없고 문은 열려 있다. 버려진 곳이 아닌가 싶다. 아무도 나를 맞이하러 나오지 않으며, 계속되는 개 짖는 소리나 그에 앞선 차의 엔진 소리, 혹은 먼지구름 따위를 살펴보려고 고개를 내미는 사람도 보이지 않는다. 나는 다시 이스라엘 지도를 집어 들고 이 작은 마을이 표시된 곳을 찾아보지만 아무런 흔적도 찾을 수 없다. 이곳이라고 생각되는 지도상의 지역은 텅 빈 황색 공간이 차지하고 있다. 나는 지도를 접어 다시 옆자리에 놓는다. 아마 나캅에 많이 있다는 무인 마을 중 하나인 모양이다. 난 저수조를 바라보다 주변에 있는 낡은 차량 몇 대를 바라본다. 타이어가 빠져서 벽돌로 괸 것도 있고, 문짝도 핸들도 등도 좌석도 사라지고 없는 것이 대부분이다. 열기를 견디기 힘들어지는 차 안에서 얼마나 오래 버틸 수 있을지 모르겠다. 짖는 소리는 좀 낮아졌지만 개는 여전히 날 포위하고 있다. 하지만 환기를 위해 내가 차창을 열려고 하자 다시 미친 듯 짖기 시작한다. 할 수 없이 아주 살짝 틈을 남기고 재빨리 창문을 닫은 뒤 다시 주변을 살펴보기 시작한다. 여섯번째 오두막까지 세었을 때, 사람의 머리, 소녀의 머리처럼 보이는 것이 오두막 하나의 입구에서 살짝 내다보다가 그만큼 재빨리 다시 사라진다. 나는 다시 창문을 열려고 하면서 머리를 내밀고 '여보세요'라고 소리친다. 그 소리를 듣고 개가 껑충 뛰어오르더니 다시 사납게 짖기 시작한다. 난 재빨리 창문을 닫고 대신 살짝 열어놓은 틈으로 목소리만 내보내본다. 그림자가 사라진 컴컴한 입구를 향해 몇 번 여보세요, 라고 외친다. 하지만 그녀는 대답하지 않는다. 들리는 것은 개 짖는 소리뿐이며, 내 목소리는 그 소리에 묻혀버린다. 나는 마침내 고요에 항복한다. 누가 날 상대해줄 거라는 희망을 버리고, 점차 내가 진짜로 그 소녀를 본 것인지 상상한 것인지 궁금해진다. 개 짖는 소리도 점차 잦아들지만 그렇다고 그 개가 내 차를 포기한 것은 아니다. 대신, 차 앞 하얀 모래밭 위에 눕는다. 난 개의 주의를 끌지 않으려고 최대한 애쓰며 아주 조심스럽게 옆자리로 몸을 기울인다. 그리고 조금이라도 환기를 하면 차 안에서 점점 강해지고 있는 열기가 누그러질까 싶어 천천히 창문을 연다. 하지만 그런 일은 일어나지 않는다. 대신 강렬한 열기가 들이닥쳐 사방에서 나를 공격한다. 고요가 계속되는 동안, 나는 좌석에 깊숙이 앉아 이제 어떻게 할지 결정해보려 한다. 정말 모르겠다. 조금 후 좌석에서 몸을 일으키고 다시 개를 돌아보니 그놈도 나를 보고 있다. 나는 좀 전에 소녀의 그림자가 스쳤지만 지금은 어둠만이 밖을 내다보고 있는 오두막 입구를 향해 시선을 돌린다. 내 상상이었음에 틀림없다. 나는 누군가 나타나지 않으려나 하며 다른 오두막들의 입구와 닫힌 창문을 응시하다가 가까운 곳의 저수조로 눈을 돌린다. 수도꼭지 바로 밑에 물이 거의 가득 찬 검은 통이 있다. 그러니까 사람이 전혀 안 사는 건 아니다. 나는 다시 가축우리들과 그것들의 재료인 함석판들과 자투리들, 그리고 여기저기 널린 차량들을 본다. 이곳을 구성하고 있는 모든 것이 자연스러운 것과는 거리가 먼데도, 그것들이 함께 모여 있는 모습은 주변의 자연과 완벽한 조화를 이루고 있는 것처럼 보인다. 마침내 나는 열쇠를 쥐고 차의 시동을 켠 뒤 차를 돌려, 온 길로 되돌아간다. 개는 다시 뒷다리로 서서 짖다가 나를 쫓기 시작한다. 백미러로 개가 나를 쫓아 뛰어오는 모습이 보인다. 그러다 먼지구름이 공중에 일면서 개와 오두막들과 언덕들이 시야에서 완전히 사라진다. 나는 큰길로 나가 나캅의 남서부를 향해 우회전을 한다. 특별한 이유는 없다. 그냥 그 지역을 떠날 수 없다는 기분이다. 내 차는 다시 서서히 연황색으로 변하는 황량한 언덕들을 지나치고, 그러는 동안 통행하는 차량이 줄어들더니 더 이상 한 대도 눈에 띄지 않는다. 이제 움직이는 유일한 것은 신기루뿐이며 그것 때문에 길과 언덕이 불안하게 떨린다. 그림자들이 나타나기 시작하지만 내가 바라보는 순간 사라지며, 그러다 교차로 앞길에서 갑자기 노파 하나가 보인다. 나는 재빨리 그녀 옆으로 다가가 차를 세운다. 창문을 내리고 도움이 필요한지, 아니면 어디까지 데려다주면 좋을지 묻는다.

노파가 차에 탄다. 그녀가 내 옆자리에 자리를 잡고 나는 차를 출발시킨다. 우리는 둘 다 침묵 속으로 피신한다. 각자 주변 풍경의 다른 부분을 바라본다. 나는 차 앞에 물결처럼 펼쳐지는 언덕들을 가로지르는 길들을 바라본다. 언덕의 색깔이 연황색에서 연갈색으로 바뀐다. 노파는 머리 각도로 보아 오른쪽을 보고 있다. 스카프 아래 보이는 그녀의 머리는 그녀가 입은 옷처럼 검은색이다. 나는 운전을 계속하면서 그녀를 훔쳐본다. 그녀의 얼굴 일부에서 날카로운 주름이 보이고, 손이 무릎 위 검은 치마천 위에 놓인 모습도 보인다. 이보다 더 튼튼해 보이는 손은 한 번도 본 적이 없는 것 같다. 그녀를 태우기 위해 내가 뒷좌석으로 던졌던 지도에 그려진 선을 연상시키는 푸른 정맥이 들여다보인다. 아마 칠십대쯤일 것이다. 만일 그 소녀가 살해되지 않았다면 지금쯤 같은 나이일지도 모른다. 이 노파도 그 사건에 대해 들어봤을지도 모른다. 그런 유의 사건은 나캅에 살던 모든 이들의 귀에 들어가 그들 모두에게 공포감을 심어줬을 것이다. 한번 들어본 사람이라면 절대 못 잊을 이야기다. 먼저 이 지역에 대한 질문—얼마나 여기 살았는지—로 시작해서 점차 그 사건에 대한 질문—그 일과 관련해 들은 게 있는지—로 넘어갈 수 있을 것이다. 하지만 내 입에서는 말이 나오지 않는다. 우리 사이의 침묵, 주변 자연의 침묵만큼이나 엄청난 크기의 침묵이 계속되며 우리의 가슴을 조여 온다. 그러다 갑자기 그녀가 여기서 내려달라고 말한다. 차를 세우자 내 눈을 정면으로 한 번 바라본 뒤, 차에서 내린다. 내린 뒤 몸을 돌려 조용하고 평화로운 태도로 왼쪽의 모랫길을 통해 사라진다. 아스팔트 길을 달리는 사람이라면 아무도 그 모랫길에 주목하지 않을 것이고, 그 길을 따라가다 보면 어떤 목적지에 도달할 수 있다는 상상도 못할 것이다. 노파는 계속 오솔길을 걸어가다가 마침내 아무런 흔적도 없이 사구들 속으로 사라지고, 나는 옆자리에서 그녀의 부재를 느끼며 차를 출발시킨다. 이어 그녀에게 그 사건에 대해 못 묻다니, 하며 후회한다. 참 멍청하기도 하지! 소녀가 경험한 사건을 이해할 수 있도록 도와줄 작은 단서라도 가진 것은 군사박물관이나 정착지와 정착지의 기록보관소가 아니라 그 노파였다. 그녀가 주는 단서를 통해 마침내 총체적인 진실에 도달할 수도 있었을 것이다. 그녀와 나 사이의 거리가 멀어지면 멀어질수록 그런 내 깨달음과 후회도 커간다. 나는 갑자기 차를 세워 방향을 돌려서 오던 길을 되짚어간다. 그녀가 내린 곳에 도착한다. 나는 길가에 차를 세우고 그녀가 간 것으로 추정되는 왼편 읍이나 마을을 찾아 내가 가진 모든 지도를 뒤지기 시작한다. 하지만 마을의 흔적은 전혀 없다. 이스라엘 지도는 길에서 멀리 떨어진 곳에 점점이 흩어져 있는 군사훈련 지역이나 사격장 등만을 가리키고 있다. 나는 차에서 내려 그녀가 갔던 모래로 된 오솔길을 향해 길을 건넌다. 그 길을 따라가면 사구들이 나오니까 그 뒤에 뭐라도 있기를 바라며 몇 발자국 걸어간다. 그런 다음 이 길을 차로 갈 수도 있을까 궁리하기 시작한다. 조심만 한다면 가능하다. 그래서 난 다시 길을 되짚어 큰길로 간 다음 차를 타고 그 오솔길로 간다. 사구들 사이를 따라가니 이내 내가 한 번도 못 본 광경이 나타난다. 누런 언덕들 사이로 가자니까 갑자기 그 한가운데 가시아카시아와 테레빈 나무들과 참새그령이 도사린 곳이 나타난다. 여기 샘물이 있음에 틀림없다. 그곳이 군사지역임을 알리는 표지판, B구역에서 자주 마주치는 그 표지판이 보이기는 하지만 난 그 방향으로 가는 내 발길을 억제하지 못한다. 나무 앞에 거의 다 갔을 때 차를 세우고 차에서 내려 나무들을 향해 걷기 시작한다. 활활 타는 듯한 고요가 분위기를 압도하고 있어서, 나는 모래밭을 울리는 내 발소리 때문에 불안해진다. 그래서 최대한 소리를 죽이며 조심조심 걷는다. 내 발이 닿는 곳에만 신경이 쓰인다. 그렇게 걸어가고 있는데, 모래밭 위에 떨어져 있는 물체가 시선에 잡힌다. 가까이 다가가서 허리를 굽혀 눈을 가까이 댄다. 총알 케이스다. 손을 내밀어 집어 든다. 눈 가까이 대고 자세히 들여다보는데, 몇 미터 떨어진 곳 아카시아 나무들 사이에서 미동도 없이 나를 응시하고 있는 낙타들의 무리가 눈에 들어온다. 나도 동작을 완전히 멈춘다. 이 낙타들은 사격장에서 대체 뭘 하고 있는 거지? 오른쪽에 서 있던 두 마리가 나를 등지고 가까운 나무 무더기를 향하기 시작한다. 모래밭에 틈 같은 게 나 있는데, 그걸 가볍게 뛰어넘은 뒤 나무들 뒤로 숨는다. 이어 남아 있던 네 마리도 침착한 태도로 그 녀석들의 발소리를 흡수하는 모래밭 위를 가로지른다. 그 녀석들도 같은 나무 무리 뒤로 사라진다. 나는 오른손에 총알 케이스를 쥔 채 몸을 일으켜 평화롭게 풀을 뜯는 낙타들을 뒤로하고 차를 향해 돌아선다. 그러자 광활한 풍경 한가운데에서 아무 말 없이 나를 바라보고 있는 한 무리의 병사들이 보인다. 순간적으로 열기의 파도가 나를 덮치며, 내 몸에서 땀이 나기 시작한다. 당장 침착함을 되찾아야 한다. 긴장해서 좋을 건 없다. 그런데 내 손에 총알 케이스가 있구나. 내가 손가락을 펼치자 그게 가만히 모래 위로 떨어진다. 계속 침착하고 평온한 태도로, 그들에게 아무런 주의도 기울이지 않으면서 차를 향해 걸어가야 한다. 하지만 병사들 중 하나가 나를 향해 고함을 치며 그 자리에 서라고 말하고, 다른 병사들은 나를 향해 총을 겨눈다. 당장 내 맥박 소리가 머릿속에서 격렬하게 울리기 시작하며 전신으로 마비가 번져 나는 꼼짝도 할 수 없다. 그들은 군사지역에 들어온 하얀색 소형차를 발견하고, 의심을 품고 나타난 게 틀림없다. 이 하얀색 소형차를 빌린 사람은 누구며 등등, 자신들이 원하는 정보를 얻기 위해 이미 경찰에게 연락을 했을지도 모른다. 그리고 그 차는 A구역에 있는 팔레스타인 렌터카 회사 것으로, 그것을 빌린 사람은 A구역의 남자이지 지금 이 순간 무기의 과녁이 되고 있는 여자가 아니라는 사실을 발견했을지도 모른다. 침착하자. 과민반응을 하지 말자. 평소처럼. 내 껌. 어디 있지? 침착해야 돼. 난 껌 한 통을 찾기 위해 손을 주머니에 찌른다.

갑자기 타는 듯한 뭔가가 날카롭게 내 손을 꿰뚫고, 이어 내 가슴을 꿰뚫는다. 그리고 아득히 총성이 이어진다.

1974년생 팔레스타인 작가 아다니아 쉬블리는 금세기 들어 전 세계 독서계의 주목을 크게 받으며 활발한 작품 활동을 하고 있는 중견 아랍어 작가이다. 소설과 에세이 등이 여러 나라의 매체에 발표되어왔고, 대표작으로 장편소설 『접촉』(2002), 『우리 모두 공평하게 사랑과는 거리가 멀다』(2004), 『사소한 일』(2017) 등이 있으며, 세 작품 모두 여러 언어로 번역되었다. 발표 작품마다 평단의 인정을 받아 앞의 두 작품은 팔레스타인 문학 부문의 '알카탄 젊은 작가상'을 받았고, 『사소한 일』은 2020년의 영역본이 같은 해 '미국 전미도서상' 최종 후보작 명단에, 2021년 '부커상' 국제 부문의 후보작 명단에 이름을 올렸다. 소설 외에도 『기질』(2012), 『생각 횡단 여행 : 에드워

드 사이드와의 대화』(2014) 등의 산문집이 있다.

쉬블리는 또한 뛰어난 창작자일 뿐 아니라 이론적인 사고의 정치함으로도 주목받는 문화연구자로, 2009년 이스트런던대학에서 주요 폭력 행위의 시각적 구성 요소들을 탐구한 '시각적 테러' 연구로 박사학위를 받았고, 2011~2012년에는 베를린의 고등학술원과 자유대학에서 박사후과정 펠로우를 지냈다. 이후 영국 노팅엄대학의 비판이론과 문화연구대학의 강사, 파리의 사회과학 고등학술원의 객원연구원을 지냈다. 2013년부터는 팔레스타인의 비르지트대학에서 철학과 문화연구학 강사로, 그리고 2021년부터는 스위스의 베른대학에서 프리드리히 뒤렌마트 세계문학 객원교수로 재직하면서 팔레스타인과 유럽을 오가며 활동하고 있다.

『사소한 일』 전에도 팔레스타인 문학은 간간이나마 우리나라에 번역, 소개되었다. 대표적인 예가 이미 1980년대에 번역, 출간된 가싼 카나파니(1936~1972)의 소설이나 조금 더 최근에 소개된 마흐무드 다르위시(1941~2008)의 시, 팔레스타인의 단편을 모은 『팔레스타인의 눈물』(아시아, 2014), 자카리아 무함마드 시집 『우리는 새벽까지 말이 서성이는 소리를 들을 것이다』(강, 2020) 등이다. 팔레스타인의 현대 작가들 중에서도 아다니아 쉬블리는 팔레스타인인들이 '알나크바', 또는 '대재앙'이라고 부르는 사건, 즉 1948년의 이스라엘의 팔레스타인 침략과 점령, 팔레스타인인 축출을 직접 겪지 않은 차세대 작가다. 따라서, 경험의 차이 때문이겠지만 팔레스타인의 역사와 현 상황에 대한 그의 접근 방식은 이전 세대와는 약간 다르다. 이전 세대의 작품에서 알나크바 이전의 팔레스타인에 대한 향수, 알나크바 이전 상태를 회복하고자 하는 강한 의지와 혁명적 열정 등이 두드러진다면, 아다니아 쉬블리의 작품에서 눈에 띄는 것은 1948년의 대재앙 이후 계속되고 진전되어 온 상황, 즉 폭력이 정상화된 21세기 팔레스타인인들의 일상적인 삶이다.

이런 초점의 이동과 더불어 팔레스타인의 현대사를 보는 쉬블리의 관점도 이전 세대와는 약간 차이가 있다. 이전 세대의 작품의 중심에 있는 것이 이스라엘과 팔레스타인의 민족 갈등과 팔레스타인인의 독립 투쟁이라면, 쉬블리의 경우 같은 소재를 다루더라도 그 갈등을 좀 더 포괄적이고 체계적인, 더 크고 근원적인 문제의 일부로 본다. 쉬블리의 관점에서는, 이스라엘에 의한 팔레스타인 억압은 민족 대립도 종교 대립도 성별 대립의 문제도 아니다. 그보다는 현 상황의 바탕에 있는 문제는 모든 차이를 억압의 기제로 전환시키는 사고방식과 그런 태도를 중심으로 움직이는 체제다. 쉬블리는 그런 의미에서 팔레스타인의 현 상황은 민족이나 종교의 문제가 아닌 윤리적인 문제, 억압과 폭력의 현 체제를 살아가는 모든 사람에게 주어진 윤리적 선택의 문제라고 말한다.

쉬블리의 최근작 『사소한 일』은 그의 그런 시각을 잘 구현하고 있는 작품이다. 이 작품만의 특징은 아니지만, 『사소한 일』에서 무엇보다 눈에 띄는 것은 기존 소설에서 전형적으로 활용되고 있는 기승전결 식의 전통적 서사 구조에 대한 거부다. 쉬블리에 따르면 그런 구조는 목적론적으로 닫힌 서사를 지향한다. 그런 서사의 끝에는 언제나 어떤 종류의—비극적인 것이라 할지라도—승리나 해결, 혹은 완결의 순간이 기다리고 있다. 서로 다른 시기, 다른 인물, 다른 관점을 병렬적으로 내세운 1부와 2부로 구성되어 있는 『사소한 일』은 그 같은 닫힌 서사와는 거리가 멀다. 1948년 이스라엘의 팔레스타인 점령 다음 해인 1949년 8월 9일에서 13일에 이르는 닷새간의 이야기를 다룬 1부는 점령군 소대를 이끌고 네게브 사막 지역 니림이라는 마을에 주둔한 이스라엘군 소대장의 일거수일투족을 좇고 있다. 반면 2부는 2000년대 웨스트뱅크의 팔레스타인 구역에 살고 있는, 직업이 명시되어 있지 않은 한 지식인 여성의 행동과 의식을 치밀하게 따라간다. 그리고 그 두 서사는 2부의 주인공이 태어난 날이 어느 날 신문에서 우연히 읽은 한 사건이 발생한 날로부터 꼭 25년 후라는 사실, 즉 명백히 우연적이고 사소한 사실을 통해서 연결되어 있다. 하지만, 놀랍게도, 이렇게 사소하게만 연결된 듯한 두 삽화는 팔레스타인인들이 반세기가 넘는 긴 세월 동안 겪어온 점령과 폭력과 억압의 현실과 그 근원적 문제점을 놀라울 정도로 효과적으로 전달하고 있다.

1부의 무대인 니림 마을은 이스라엘 점령 지역 중에서 이집트와의 경계선이 멀지 않은 지역으로, 거기 주둔한 소대가 맡은 임무는 이집트와의 경계를 방어하고, 잔존하고 있는 것으로 파악된 팔레스타인인 첩자를 색출해서 제거하는 일이다. 앞서도 언급했듯 1부는 1949년 8월 초의 닷새 동안 소대장이 보인 행동 하나하나를 삼인칭 객관적 시점으로 자세하게 기술한다. 이 기술에서 그려지는 소대장은 체계적이고 합리적이며 철저한 사람이다. 그는 자신에게 부과된 임무인 지역 수색을 꼼꼼히 실행하며, 자신을 포함한 모든 부대원들의 기율과 청결을 강조하고 철저하게 실천한다. 숨이 막힐 듯 극심한 더위에도 불구하고 도저히 견딜 수 없는 시간 외에는 저녁부터 새벽까지 부지런히 수색을 나가고, 외출 후에는 매번 온몸을 차근차근 샅샅이 씻으며 비누칠과 면도도 빼놓지 않는다. 부대원들에게도 청결의 중요성을 강조하며 면도조차 절대 빼놓으면 안 된다는 지시를 내린다. 포로인 소녀조차도 실내에 들이기 전에 호스의 물로 온몸을 씻기고 휘발유를 부어 소독하는 등 철저하게 원칙적, 체계적으로 행동하는 듯 보이는 인물이다.

하지만, 1부의 묘사에서는 이런 원칙성과 합리성 뒤에 감춰진 이면도 간과되지 않는다. 스스로 청결을 중시하고 하루에도 몇 번씩 철저히 자기 몸을 씻지만, 소대장의 몸은 실상 벌레 물린 자리가 썩어 들어가 내부에 구멍이 뚫리고 그곳을 고름이 채우고 있다. 부대원들 앞에서 자신이 포로 소녀를 중앙사령부나 아랍인 지역에 보냄으로써 원칙적으로 처리하겠다고 천명한 그는 이내 폭력적으로 소녀를 강간하고 다른 부대원들의 집단 강간을 방치하며 결국 아무렇지도 않게 살해해서 암매장한다. 그가 베두인인들을 발견하여 사살할 때는 첩자를 색출해 제거하라는 명령을 철저히 수행하는 것 같지만, 그 베두인인들이 과연 첩자인가 아닌가를 확인하는 절차는 생략된다. 이런 모순을 의식조차 못하고 있는 듯한 소대장의 모습은 그 자체로 식민주의 점령자들의 사고방식이나 행동방식, 즉 허울 좋은 명분을 내세워 자신과 남을 가르고 적대시하며 적으로 규정된 남을 철저히, 그리고 폭력적으로 제거하는 근대 식민주의, 혹은 제국주의적 태도의 축소판이다. 그 어떤 명분을 내세우더라도 그의 임무는 타인에 대한 폭력적인 지배와 배제이며, 개인 위생과 청결에 대한 그의 집착도 나와 남을 가른 뒤 내가 아닌 것에 대해 보이는 불관용의 태도라는 면에서 동일한 사고방식을 보여주는 상징적 사례다.

1부가 이스라엘 점령군 소대장의 행동을 삼인칭의 객관적 언어로 세밀히 기술한다면 2부는 그보다 반세기 이상이 지난 시점의 한 팔레스타인 지식인 여성의 행동과 생각을 1부와는 대조적으로 일인칭의 주관적 언어로 기술한다. 이 여성은 수많은 담장과 경계가 행동과 여행의 자유를 현저히 제한하고 있고, 폭격과 총검을 앞세운 검문이 일상화된 현실 속에서도 그 상황에 나름 합리적인 태도로 적응하려고 애쓰고 있는 인물이다. 하지만, 그는 이런 노력 덕분에 큰 폭력 사태에는 무신경할 수 있지만, 그런 상황이 초래하는 지엽적이고 사소한 문제들에는 쉽게 적응하지 못한다. 현실에 존재하며 자신의 자유를 옥죄는 수많은 경계에 항의하려는 의사는 전혀 없지만, 그런 상황에 잘 적응하지는 못해서 항상 자신도 모르게 경계를 넘는 일이 발생하고, 그래서 간신히 위험을 모면하고 불면증에 시달리는 등 신경을 곤두세우며 살고 있다. 1부와 2부를 연결하는 1949년의 강간살해 사건에 대해서도 그 사건의 폭력적 성격 때문이 아닌, 그 사건이 하필이면 자기가 태어난 날로부터 25년 전에 일어났다는 사실 때문에 신경이 쓰이고 그 사건의 진실을 알고 싶다는 충동을 억제하지 못한다. 그것이 그가 어떤 그림의 진위를 가릴 때 사소한 부분이 중심적인 부분보다 오히려 더 결정적인 역할을 하는 것처럼 이 우연을 좇다 보면 그 사건의 진실에 닿을지도 모른다며 현실적으로 도저히 말이 안 되는 위험한 진실 찾기의 도정에 나서는 이유다.

그런데 수많은 망설임과 아슬아슬한 순간들로 점철된, 서투르고 어설프기 짝이 없는 그의 진실 찾기 여정은 1949년의 과업이 더욱 진전된 팔레스타인의 현실을 생생하게 보여주는 거울이다. 그는 예사 상황이라면 차로 한두 시간 정도 걸릴, 그리 멀지 않은 거리를 여행하고 박물관을 방문하기 위해 동료의 신분증과 신용카드를 빌리는 불법을 감행해야 하고, 그러고도 수많은 검문소와 벽에 부딪혀 도로를 우회해야 하며, 매번 경계를 통과할 때마다 생명의 위험을 무릅써야 한다. 또한 그곳은 검문소 통과에 앞서 겁에 질려 벌벌 떨면서도 어른으로서의 권위를 지키려고 안간힘을 쓰는 그가, 아무런 겁도 없이 끈질기게 자신의 의사를 관철하는 껌팔이 소녀 앞에서 속절없이 무너지는, 어른과 아이의 역할이 전도된 세계이기도 하다. 이스라엘 통제 구역을 여행하는 일은 나아가, 풍경조차 신뢰할 수 없는 여정으로, 점령 이전의 마을과 사람이 완전히 소거된 채 담과 감옥, 넓고 직선적인 길 등이 그것을 대치하고 있는 기만적인 풍경을 마주치는 일이다. 이전의 삶과 풍경은 이제 낡은 지도와 거기 기록된 이름으로만 남아 있기 때문이다. 그리고 2부의 결말 아닌 결말―1부에서의 비극적 사건이 폭력이 전일화된 일상에 적응하지 못하고 일탈하는 과민한 개인의 경험으로 재연된―은 1949년 상황의 폭력성이 오늘날에도 전혀 가시지 않았음을 웅변적으로 보여준다. 다만, "역사는 반복된다. 첫번째는 비극으로, 다음에는 소극으로"라는 유명한 말처럼, 그 비극적 사건은 비극이라기보다 어이없는 소극처럼 느껴지며, 그래서 더욱 충격적이다.

결과적으로, 작품은 자신이 태어난 날과 소녀의 강간살해 사건이 25년을 사이에 두고 같은 날 일어났다는 우연에 대한 그 여성의 집착이 결코 우연이 아니며, 정신분석학의 용어를 빌리자면 일종의 '억압된 것의 귀환'이었다는 것을 암시한다. 인간이라면 압도적이고 일상적인 폭력 상황에서 매 순간 그 폭력성을 느끼며 생존하기는 힘들지만, 그것이 잘못되었다는 인식은 작고 사소한 단서를 통해서라도 드러나는 법이다. 그래서 그 여성은 폭격으로 세 명의 팔레스타인인이 죽은 일에는 무신경하더라도 그것 때문에 자기 책상에 내려앉게 된 모래먼지에는 과민하게 반응하는 것이고, 단지 검문할 뿐인 경비대원에게 총구를 치워달라는 불필요한 말을 해서 모든 승객의 위험을 자초하고, 오래전 한 소녀가 살해당한 날과 자신의 생일이 같다는 우연적 사실에 집착하는 것이다. 작품은 이 같은 '억압된 것의 귀환'을 1부와 2부에 반복적으로 나타나는 이미지—개 짖는 소리, 휘발유 냄새처럼 주체적 의지로 통제하기 힘든 것들—를 통해서도 솜씨 있게 전달한다. 1부에서 소녀의 목소리는 침묵 속에 남아 있지만 소녀가 폭력에 희생되는 순간마다 그를 따라온 개의 울부짖음으로 대치되어 소대장의 짜증을 북돋운다. 2부의 여성은 편안한 일상에 적응한 듯하지만 일상생활에서도 여로에서도 개 짖는 소리 때문에 제대로 잠들지도 못하고, 위험한 여정에서도 벗어나지 못한다. 마치 1부의 개가 2부에 다시 나타나 소대장의 폭력적 행위를 증언하며 그 여성을 잠 못 이루게 하고 과거 범죄의 현장으로 인도하는 듯하다. 휘발유 냄새의 경우, 1부에서는 소독을 위해 사용한 휘발유의 역한 냄새가 소대장의 행위에 존재하는 이중성을 보여주며, 2부에서는 그것이 주유 중에 쏟은 휘발유의 냄새로 다시 나타나 그 여성에게 그 위험한 과업을 포기하지 말고 계속 진행할 것을 요구한다.

결국 작품은 희생자인 소녀의 목소리를 대변하거나 소녀 편의 진실을 말해주지는 않는다. 이 작품에 대한 한 인터뷰에서 쉬블리는 "염소도 다른 염소가 도살장에 끌려갈 때 그것을 알아차리는데, 사람이 (동료 인간에 대해) 그걸 못한다는 말인가?"라고 항변하며, 자신이 하려는 것은 희생자의 목소리를 대변하는 것도, 팔레스타인인의 고난을 증언함으로써 외부인을 설득하는 것도 아니라고 말한다. 『사소한 일』에서 우리가 알게 되는 것은 가해자인 소대장의 내면과 행위, 그리고 반세기도 넘은 후에 그녀의 진실을 찾아 나선 한 팔레스타인 여성의 내면과 행위다. 희생자의 목소리는 과거 속에 묻히고 사라졌으며 그것은 영원히 회복될 수 없다. 대신 이 작품은 1948년의 알나크바, 즉 대재앙이 결코 일회성 사건이 아니었으며, 오히려 지속적으로 확대되고 심화되어왔고, 그것이 그때나 지금이나 다양성의 평화로운 공존과 상호작용이 아니라 차이를 억압의 구실로 적극적으로 활용하는 체제의 산물이라는 것을 역설하며 이 사실은 결코 외면될 수 없다는 것을 알려준다. 쉬블리는 같은 인터뷰에서 어떤 화자가 같은 비극을 반복해 말한다면 청자는 지루하겠지만 화자에게는 비극적 상황의 증폭을 의미할 것이라고 말한 바 있는데, 이 작품의 미덕은 그 증폭된 상황의 근본 원인을 천착하면서, 그것을 깨닫지 못한다면 우리 자신이 그 희생자가 될 수도 있고, 억압적 체제의 일부일 수도 있다는 사실을 깨닫게 해주는 데 있다. 이 작품의 독자들에게 깊은 인상을 남기는 한편으로 많은 독자들의 마음을 불편하게 하는 요소로 흔히 소대장에 대한 1부의 묘사가 가해자에게 친밀감을 느끼지 않을 수 없을 정도로 세밀하다는 사실이 언급된다. 하지만 쉬블리의 입장에서는 그것이야말로 자신이 전달하고자 하는 중요한 메시지 중의 하나다. 팔레스타인인이 겪는 고난의 바탕에 차이를 억압의 구실로 활용하는 기제가 있다는 것을 자각하지 않는다면, 그리고 그런 기제에 저항하지 않고 방관한다면, 누구나 가해자가 될 수 있고, 아니 이미 얼마간 가해자라고 작가는 본다. 따라서 쉬블리는 자신도 항상 자신 안에 어떤 억압성, 잔인성이 숨어 있는 것이 아닌지 경계하고 있다며, 윤리적인 개인이라면 누구나 그래야 한다고 주장한다.

역자는 2000년대 중반 문예지 『아시아』의 편집위원으로 합류해 가깝지만 멀었던 아시아 여러 나라의 문학을 소개하려 노력하던 시절에 아다니아 쉬블리의 글을 처음 접했다. 이후 우리나라에서 있었던 몇 차례의 아시아 문학 행사에서 그를 만나 대화를 나누고 2018년에는 좌담도 함께 하는 행운도 누렸다. 개인적으로 접한 작가는 아랍어로 글을 쓰지만 영어도 유창하고 한국어도 배웠으며, 그 외에도 독일어, 불어, 히브리어에도 능통했는데 언어적 재능이나 그것을 배우려는 열정도 남다른 사람이었다. 또한 단 한마디의 말도 허투루 하지 않는, 개념의 사용이나 현실의 이해가 엄격하고 철저한 사람이었다. 그런 그가 십이 년이라는 긴 세월 동안 심혈을 기울여 쓴 최신작 『사소한 일』이 마침내 2020년에 영역되어 나와 '전미도서상'과 '부커상' 등의 후보작에 이름을 올리며 큰 기대를 하게 되었는데, 2021년 구입해 읽어본 작품은 그리 길지 않은 분량인데도 역자의 기대를 훨씬 뛰어넘는 역작이자 대작이었다. 솔직히 작품의 마지막 문장을 읽고 책을 덮은 뒤에 남은 충격과 여운은 독서를 즐기고 독서가 업이기도 한 역자로서도 자주 경험해 보지 못했다 할 만큼 강렬한 것이었다. 나날이 폭력이 일상화되고 증폭되고 있는 오늘날의 현실에서 작가도 지적하다시피 누구라도 그런 현실에 무디어지지 않을 수 없지만, 그렇게 무디어지며 문제의 핵심을 놓치는 나태의 순간 우리는 손쉽게 그 피해자가 되기도 하고, 가해자의 편에 가담하는 것일 수도 있다는 사실이 충격적으로 다가왔다. 그리고 가까이에 존재하는 현실은 물론이려니와 역자에게 직접 영향을 끼치지 않는 듯한 먼 나라의 현실에 대해 역자 스스로 어느 정도 무디어져 있었던 게 아닌가 하는 반성도 뻐져렸다. 역자의 번역이 이 작품을 읽는 한국어 독자에게 작품의 힘과 성취를 충분히 전달할 수 있기를, 그래서 우리 모두 도살장에 끌려가는 동료의 고통을 느끼는 염소 만큼은 타인의 고통에 공감하고, 자신의 고통을 자각하며, 각자의 자리에서 그런 현실을 바꾸기 위해 새삼 최선을 다할 수 있기를 감히 기대해본다.

이 번역은 2020년 출간된 영역본을 작가가 다시 수정해 보내준 원고를 바탕으로 했다. 아다니아 쉬블리의 작품을 처음으로 주목하게 해준 소설가 김남일 선생과 작품의 출판을 선뜻 맡아주신 강출판사에 감사의 뜻을 전한다.

2023년 7월
보스턴에서

사소한 일

© 아다니아 쉬블리

| 1판 1쇄 발행 | │ | 2023년 7월 20일 |
| 1판 3쇄 발행 | │ | 2024년 12월 30일 |

지은이	│	아다니아 쉬블리
옮긴이	│	전승회
펴낸이	│	정홍수
편집	│	김현숙 이명주
펴낸곳	│	(주)도서출판 강
출판등록	│	2000년 8월 9일(제2000-185호)

주소	│	서울시 마포구 동교로17안길 21 (우 04002)
전화	│	02-325-9566
팩시밀리	│	02-325-8486
전자우편	│	gangpub@hanmail.net

값 15,000원
ISBN 978-89-8218-320-1   03890